9年越しの最愛

同居することになった初恋のハイスペ社長は
溺愛ループが止まりません⁉

★

JN198594

CONTENTS

Lunetta

プロローグ

私には、ずっと忘れられない人がいる――。

高校一年生のとき、同じ学校だった〝彼〟の存在を知った。

同い年で隣のクラス。同級生ということ以外、接点なんてまったくなかった。

サッカー部に入部した彼は、中学時代から注目されている選手だったみたい。

高校でもすぐにその頭角を現し、一年生でレギュラー入りすると、二年生になる前には先輩たちを差し置いてエースと呼ばれ、県大会では準優勝の立役者となった。

スポーツ万能で、勉強もでき、まさに文武両道。

当然モテないはずがなく、ひっそりファンクラブまであったほど。

ただ、当の本人には女嫌いという噂があり、ミスコンで優勝した先輩もアイドルの卵の同級生も、はたまた学年一可愛い後輩にも、まったく興味を示していなかった。

サッカー部のエースという目立つタイプだったのに、どこか物静かなところがあって。周囲とバカ騒ぎするようなことはなく、人気のない場所でひとりでいる姿を見たこともある。

ミステリアスな雰囲気もまた、彼の魅力を高める要素だったのかもしれない。

男子が苦手だった私は、三年生で同じクラスになるまで彼とろくに話したこともなくて、彼の方はきっと私のことなんて知らなかっただろう。

けれど、同じクラスになったのを機に、ときどき声をかけられるようになった。

そして、その年の秋の夕暮れどき、ひょんなことからお互いの夢を語り合った。

あの日のことは、今でも鮮明に覚えている。

ほんのりと淡い想いを抱えていた私が、それを機に彼にもっと惹かれていき、あっという間にしっかりとした恋情になっていた。

ただ、私は初恋だったし、男子を避けてきたせいでどうすればいいのかわからなかった。

彼も女子が嫌いだともっぱらの噂で、そんな私たちが進展するはずなんてない。

私の予想通り、告白もできないまま卒業式を迎えた。

式のあとで教室に忘れ物を取りに行くと、偶然彼がやってきた。

なにを話したのかはもうあまり覚えていないけれど、他愛のないことばかりだったと思う。

『頑張れよ』と言ってくれた彼に、私も精一杯の笑顔で激励の言葉を送った。

大きくなりすぎた想いを、彼には決して悟られないように……。

そうして別れるものだと思っていたのに、不意に真剣な顔をした彼が私の手を掴んだ。

ふたりきりの教室。

驚いて戸惑って、どうすればいいのかわからなくて。ひとりで混乱しているうちに、彼の顔が近づいてきた。

数瞬して、重なった唇。

少し勢いがあったせいか強く当たって、けれど痛みを感じるよりも驚愕のあまり硬直した。

困惑と動揺に包まれる中で、急激に恥ずかしくなって……。私は咄嗟に彼の身体を押し、真っ赤になっていたであろう頬を隠すように顔を背けた。

『っ……』

静寂に包まれた教室に、痛いくらいに激しく脈打つ心臓の音が響いていた気がする。

『あ……ごめん……』

声も出せずにいると、謝罪を零されてますます混乱した。

『こんなことするつもりじゃ——』

直後、彼の言葉を最後まで聞くのが怖くなって、私は逃げるように走り出した。

『香月《こうづき》……！』

名前を呼ばれても振り返りもせず、必死に廊下を突っ切っていく。

後ろから走ってくる彼が私に追いつきそうな気配がしたとき、数人の女子が彼に声をかけて取り囲むようにした。

振り返った私の視界には、なにか言いたげな彼の顔が映って。

けれど、そのまま視線を逸らし、昇降口で靴を履き替えて全力疾走で駅に向かい、ホームに入ってきた電車に飛び乗った。

唇に残った熱に胸の奥が苦しくなって、乱れた呼吸を整えながら鼻の奥がツンと痛んだ。

なにがなんだかわからなくて、とても恥ずかしくて……。これまでの関係が壊れてしまったように思えて、悲しみにも包まれた。

ただ、混乱する中でも、彼とはもう今まで通りでいられないことだけはわかっていた気がする。


あれから約九年――。

彼とは、もう二度と会うことはないかもしれないと思っていたのに……。

「今日からここが香月の家だ」

卒業式の日以来初めて再会した彼が、なぜか私の目の前で微笑んでいる。

あの頃と同じように優しい口調で、けれど月日を重ねた分だけ大人になった姿で。

九年前よりもずっと男性らしい色香を纏った笑みには、さきほどまでときおり滲んでいた当時の面影は見出せない。

目の前にいるのは、十八歳だった彼――諏訪翔《すわしょう》くんじゃない。

二十七歳の、眉目秀麗な大人の男性だった。

一章　縁は異なもの味なもの……？

春の気配が薄らいだ、五月の第三月曜日の昼下がり。

「うーん……今どき、資格もないんじゃねぇ」

メガネをかけた五十代前半くらいの男性が、眉間の皺をいっそう深くした。

「あ、いえ……美容師資格なら持ってます」

控えめながらも主張すれば、ふっと鼻で笑われてしまう。

さきほどからどうにも蔑まれている気がするのは、きっと思い違いのはずだ。

「だったら、事務職じゃなくて美容師の資格が活かせるところに絞れば？　今は美容系の職って多いよねぇ」

微妙に伸ばされる語尾に、バカにされている気がしてならない。

気のせい、気のせい……と自分自身に言い聞かせて早十分、気分はどんどん降下していく。

「そうなんですけど、できれば別の職種も経験してみたくて……。美容師はサービス業で大変ですし……」

本音は伏せつつも、サービス業以外がいいと暗に込める。

すると、男性は呆れ混じりの笑みでため息を漏らした。

「別にどの職種だって大変だと思うけどねぇ。とりあえず、資格がなくて未経験者でも募集してるところ……この三件だねぇ。選り好みもできないだろうしねぇ」

張りつけていた笑顔は、すっかり消えてしまっている。

お礼を言う声にも力がなくて、泣きたい気持ちでハローワークを後にした。

賑やかな街には、汗ばむほどの陽気が降り注いでいる。

行き交う人たちみんなが楽しそうに見えるのは、今の私がなにもかも上手くいっていないからだろうか。

香月志乃《しの》、二十六歳。

身長一五四センチ、体重は至って標準。

二重瞼の瞳に、左の目尻はあまり目立たない程度のホクロがひとつ。

鼻と口は小さく、顔はたぶん普通だと思う。

肩につくくらいのロブの髪は、毛先に動きを出すために緩くパーマをかけ、ハニーベージュに染めている。

胸が大きいのがコンプレックスだけれど、それ以外の容姿に特徴はない。

総評するのなら、〝アラサーに片足を突っ込んだどこにでもいる女性〟だ。

ただし、家なし、職なし、再就職先の目途もなし――という三重苦を除いて……だけれど。

すっかり日が暮れた、二十時過ぎ。

「ただいま～！　お腹空いたぁ……」

1LDKのアパートに、高校時代からの親友――赤塚敦子《あかつかあつこ》の声が響いた。

「おかえり。晩ご飯できてるよ」

「さすが志乃！　ムカつく上司と違って天使に見える！」

「居候させてもらってるんだから、これくらいしないと。いつもごめんね」

「それは言わないの！　あと、そうやってすぐに謝らない！」

彼女はムッとした顔を見せたあと、「晩ご飯はなに？」と笑った。

「今日はチキンカレーです」

「やっぱり！　カレーのいい匂いがしてるもんね」

敦子がメイクを落とす間にカレーを温め直して盛りつけ、冷蔵庫からサラダを出す。

洗面所から戻ってきた彼女とローテーブルを挟んで、「いただきます」と手を合わせた。

肩の力を抜いたように「おいしい」と連呼する敦子に、重苦しかった心が癒やされる。

「ところで、志乃はどうだった？　ハローワークに行ったんでしょ？」

中小企業の経理部で働く彼女は、ひとしきり愚痴を零したあとで話を振ってきた。

「やっぱり、なかなか募集してるところがないみたい。事務の経験がない上、引っ越しのこともあるから給料面は妥協できないし、とりあえずこの三件だけだった」

「……結構厳しくない？　ここは都内から通いにくいし、こっちは給料はまだいいみたいだけど休暇が少ないし。あと一社は、会社の最寄駅から遠いみたいだよ」

「でも、さすがに選り好みしてられないし、とりあえず全部受けてみるつもり」

この三月まで、私は美容師として働いていた。

専門学校を卒業後に六年間勤めた職場を辞めたのは、色々あって体調を崩したから。

そこから再就職先を探しているものの、一向に目途が立たず……。追い打ちをかけるように住んでいたアパートの上階が火事になり、それを機に以前から大家さんが検討していたアパートの取り壊しが決まった。

そうして部屋を出るしかなくなったのが、ほんの三週間ほど前のこと。

行く当てがなかった私は、ひとまず同じ区内に住んでいる敦子に『一晩だけ泊めてほしい』とお願いし、彼女はしばらく同居することを提案してくれたのだ。

「私がもうちょっと一緒に住めたらいいんだけど、ここは来月で引き払うし……」

ただ、敦子は来月いっぱいでこの部屋を出て、婚約したばかりの恋人と一緒に住むことが決まっている。入籍はまだ先だけれど、まずは同棲を始めるのだ。

「ううん、今住まわせてもらってるだけで充分だよ。本当にありがとう」

「あ、じゃあさ、いっそのこと住み込みで働けそうなところにしたら？」

「住み込みかぁ……」

「うん。志乃は絶対に事務がいいわけじゃないんだし、住み込みならひとまず住居の心配はしなくていいでしょ？　もしくは社員寮があるところとか」

確かに、住み込みや社員寮がある就職先なら、とりあえず住居に関する費用は大きく抑えられるし、敷金礼金も不要でだいぶ楽になる。

火事のときにスプリンクラーが作動し、家具や家電の大半が壊れたために荷物は少ないし、引っ越し費用はほとんどいらないだろう。

アパートの取り壊しは大家さんの都合になるから少ないながらも退去費用はもらえるし、火災保険も下りることになっている。

ただ、いずれにせよ出費は極力抑えたい。

先立つものが安定しない中では、できるだけ資金をかけたくないから。

埼玉《さいたま》県にある実家には、昨年結婚した兄夫婦が同居していてもうすぐ子どもが生まれるため、頼ることはできない。

最終的には短期賃貸マンションも視野に入れていたものの、それよりは金銭面の心配をしなくて済むはずだし、彼女の案はいいかもしれないと思う。

「とにかく、今はできることから始めればいいと思うよ。もしどうしても無理そうだったら、志乃も私たちと一緒に住んじゃえばいいんだし！」

「なに言ってるの。さすがに結婚間近のふたりの邪魔をする気はないよ」

敦子は冗談のつもりじゃない気がする。

彼女が本気で心配してくれていることはわかっているから、明るく振る舞ってみせた。

不安はたくさんあるけれど、とにかく仕事先と新居を早く見つけるしかない。

＊　＊　＊

六月も今日でちょうど半分が終わる、中旬の火曜日。

スマホに届いたメッセージを見て、大きなため息をついた。

ハローワークで紹介された三社は不採用となり、さらに自分で探した企業も数社受けた。ところが、すべて不採用通知をもらってしまったのだ。

これでまた振り出しに戻った。敦子の部屋にいられるのは最長でもあと半月しかないのに、職探しが難航していて住居の目途も立っていない状態だ。

（就職先によって家を決めた方がいいと思ってたけど、もう先に家を決めるべき？　でも、通勤時間や交通手段も考えたら……）

彼女には家賃の半額を渡し、生活費も折半しているけれど……。心配と迷惑をかけてばかりで、なにひとついい報告ができないことが歯がゆいし申し訳ない。

「ただいまー！」

「あ、おかえり」

「志乃、二十七歳の誕生日おめでとう！」

「あ、そっか。私、誕生日だったね」

「なんだ、忘れてたの？　朝もおめでとうって言ったのに」

帰宅したばかりの敦子が、ケーキの箱を差し出しながら眉を下げる。

「忘れてたわけじゃないんだけど、ちょうど今、不採用通知が届いて……」

「そっか。きっと、その会社も見る目がなかったんだよ！　志乃みたいに優しくて気が利いて努力家の子なんて滅多にいないのに、採用しないなんて損したね」

彼女は明るく笑うと、「それより食べようよ！」と袋から出したものをテーブルに並べた。四号サイズのデコレーションケーキに、ピザとデリサラダ。生ハムやチーズ、サラミにスナック菓子、シャンパンとサングリアまである。

今日の夕食は、敦子がテイクアウトしてきてくれることになってはいたけれど、その量に驚かされてしまった。

「買いすぎじゃない？」

「いいの！　誕生日なんだし、志乃はずっとつらい思いしてたんだから、今年は思い切り祝ってあげるって決めてたの！　ちなみに、今日は前夜祭みたいなものだから。本番は金曜日の夜ね。外で食べよ」

「えっ？　さすがにもう充分だよ？　プレゼントももらったし、これだけのご馳走も用意してくれたんだし」

「ダメダメ。もう予約入れちゃってるから」

誕生日当日に前夜祭だなんて変な感じだけれど、彼女が私を元気づけようとしてくれていることが伝わってくる。それが嬉しくて、笑顔でお礼を言った。

シャンパンで乾杯をしてからおいしい料理を堪能して、お腹がはち切れそうなほど食べたあとはふたりで床に寝転んだ。

「うぅ……もうダメ」

「ケーキがきつかったねぇ」

「でも、おいしかったよ。ありがとう」

女性ふたりでは到底食べ切れないと思っていたのに、スナック菓子以外は綺麗に平らげてしまった。シャンパンとサングリアのせいで、お互いに顔は真っ赤だ。

顔を見合わせながらクスクスと笑えば、敦子がハッとしたように起き上がった。

「そういえば、久しぶりにみんなで集まろうって話になってたでしょ？　志乃も行くよね？」

今日の昼間、確かに高校時代のメッセージアプリが動いていた。

仲がよかった女友達の六人で作ったグループ内で、彼女が言い出したのだ。

「私はいいや……。今は無職だし、みんなに会いづらいもん」

「気にしなくていいじゃない！　前はフリーターだった子もいるし、みんなそれぞれ色々あるだろうし、気後れすることないよ」

「でも……」

「それにさ、今回は他にも何人か誘おうと思ってるんだ。不動産関係の子もいたはずだから、住むところの相談とかもできるかもよ」

ためらう私に、敦子が「ねっ⁉」と押してくる。

本当に乗り気にはなれなかったけれど、彼女から強く誘われてしまうと断りづらい。

「そうだね。じゃあ、行こうかな」

「やった！　私が幹事することになったし、お店決めよ！」

早速、敦子がお店の候補を挙げていく。

嬉しそうな彼女を見ていると、断らなくてよかったと思った。


その週末、少しの憂鬱を抱え、敦子とイタリアンレストランに向かった。

パーマをかけているロブヘアの私は、髪にはワックスをつけて整えただけ。

服は、淡いブルーの生地に白い小花がプリントされているミディアム丈のワンピースを選んだ。丸首のデザインで、袖は五分丈になっている。

「志乃がヘアアレンジしてくれたからテンション上がる！　さすが志乃！」

「それくらい、またいつでもしてあげるよ」

鎖骨まで伸びた彼女の髪は、今日はヘアアイロンで巻いたあとで両サイドを編み込み、ハーフアップにしてルーズ感を出してみた。

カジュアルな女子会だけれど、セミフォーマルでもいけるヘアセットだ。

他人の髪を触ったのは久しぶりで緊張した反面、親友の喜ぶ顔が見られて嬉しい。

「昨日のヘアアレンジも可愛かったけど、こっちもいいなぁ」

昨夜は敦子の宣言通り、誕生日のお祝いにフレンチレストランでご馳走してもらった。

そのときにも待ち合わせた駅前の百貨店の化粧室で簡単なヘアアレンジをしてあげると、彼女はとても喜んでくれた。

「昨日のヘアアレンジなら簡単だし、今度教えてあげるね」

「ありがとう。あ、お店ここだ！」

立ち止まった敦子が、お店の看板を確認して中に入る。

忘れかけていた憂鬱な気分に飲み込まれそうになりつつ、私も彼女の後を追った。

「敦子と志乃！　遅いよ～」

個室に案内されると、先に来ていた友人たちが出迎えてくれた。敦子は、笑顔で「まだ十分前でしょ」と返している。

テーブルには十脚の椅子が並んでいた。

「あとは男子だけど、ギリギリになるって」

「じゃあ、みんな揃ってから注文しようか」

「えっ？　男子も来るの」

友人と敦子の会話に口を挟むと、敦子が「そうだよ」と笑う。

女友達だけの集まりだと思っていたから、わずかに動揺してしまった。

「あ、来たじゃん！」

直後、対面の椅子に腰かけていた友人が、入口の方を指差した。

振り返ると、ちょうど四人組の男性グループが店内に入ってきたところだった。

「久しぶりだな」

先頭を歩いていた男性は、私はあまり話したことはなかったけれど、よく知っている。好きだった人の親友、川本《かわもと》くんだ。

（まさか……）

過った予感に、鼓動が跳ね上がる。

考える間もなく最後のひとりと目が合った刹那、息が止まるかと思った。

「……諏訪、くん……？」

「ああ、香月か。久しぶり」

「あ、うん……」

声が喉に張りついたように、言葉が上手く出てこない。

抱えていた憂鬱よりも鼓動が大きくなっていくことに気を取られ、足が地面にへばりついたように動けなかった。

「ほら、志乃も座りなよ！　諏訪くんは志乃の隣に座って」

「ああ」

テキパキと席順を決めていく敦子は、私に笑みを向けた。

記憶の底にある、高校時代の淡い恋。

私の想いを知っていたのは、彼女だけだ。

深い意味はないと思う反面、隣に座るように言われて戸惑った。

「香月、座らないの？」

「あ、ううん……。えっと、座るよ」

椅子を引いてくれた諏訪くんに、どぎまぎしながらも微笑んでみせる。

肩が触れるほど近いわけじゃない。それでも、下手に動けばきっと身体が当たってしまう。

そう思うと、石のように動けなくなった。

「なに飲む？　アルコールは平気？」

そんな私の目の前に、彼がメニューを広げてくれる。小さく頷けば、ふわりと微笑まれた。

胸がきゅうっ……と締めつけられる。

あの頃よりもずっと大人になった諏訪くんの笑顔に、まるで心が捕らわれる気がした。

あれから九年も経った今はもう、恋心はないはずなのに……。私の唯一の恋だったせいか、どうしたって平静を装えない。

彼の隣にいると、心臓が持たないんじゃないかと思うくらいだった。

（っていうか、私……諏訪くんと会うのって卒業式以来だよね……）

あの日のキスの記憶が、じわじわと甦ってくる。

諏訪くんはごく普通の態度に見えるけれど、私の思考は彼との最後の思い出に侵食されていきそうだ。

（って、変に意識してどうするの！　だいたい、諏訪くんは覚えてないかもしれないし……）

人生で唯一のキスの記憶を押しのけ、必死に平常心でいようとする。

(こんなことなら、もっとちゃんとヘアセットすればよかった……。服も変じゃないかな？　どこかおかしかったりしないよね……？)

ひとり動揺でいっぱいの私を余所《よそ》に、いつもの女子会とは違う飲み会が始まった。

誰が言い出したのか、早々に近況報告をすることになり、それぞれの状況を語っていく。

女性陣の現状は私も知っていて、ＯＬ、看護師、アパレル関連と様々な職業に就いている。

男性陣は、川本くんが外資系、残りのふたりは不動産関係とサービス業なのだとか。

「ちなみに、諏訪はすごいよ！　こいつは今、自分の会社を経営してるからね」

「ええっ⁉　社長ってこと⁉」

「やだ、諏訪くんすごいじゃん！」

諏訪くんの代わりに川本くんが答えると、友人たちの声が高くなり、目の色も変わった。

私は驚きつつも、諏訪くんの方を見られない。

「お前が答えるなよ。会社って言っても小さいし、別にすごくないよ」

(諏訪くん、夢叶えたんだ……)

盛り上がるみんなを余所に、私は胸が熱くなる。

きっと、諏訪くんはもう覚えていないだろうけれど……。高校時代に彼とお互いの夢を教え合い、色々と話したことがあった。

私にとって大切な思い出であり、今もまったく色褪せていない。

つらいときや美容師を辞めたいと思ったとき、諏訪くんが夢を教え合った日に励ましてくれたことや卒業式の日に『頑張れ』と言ってくれたことを思い出し、踏みとどまれていた。

もっとも、それも今年の三月までのことだけれど。

「そういえば香月は？　今なにしてるんだ？」

「あ、えっと……」

ぼんやりしていると、唐突に川本くんに話題の矛先を向けられた。

みんなの話を聞いたあとだからこそ、どうしても言い淀んでしまう。

「あのね、志乃は——」

「私は三月までは美容師をしてたんだけど、色々あって求職活動中なの」

フォローを入れてくれようとした敦子を遮り、できるだけ明るく返す。

けれど、場の空気が少しだけ強張った。

(しまった……。もっと他の言い方の方がよかったかな……)

「そうなんだ。うちの会社にも転職してきた人は何人もいるし、今どき珍しくもないよな。希望の就職先が見つかるといいな」

すると、程なくして諏訪くんが優しく微笑んだ。

なんでもないことのように言ってのけた彼は、きっと本心からそう思っているんだろう。

空気はすでに和らぎ、みんな口々に「そうだよね」と相槌を打った。

「あ……ありがとう」

話題が切り替わったことにホッとし、諏訪くんを見てお礼を告げる。

「なにが？」

彼はワイングラスを片手に、斜め分けにした濡れ羽色の前髪から覗く瞳をふっと緩めた。

ビジネスショート風に切り揃えられた髪が、ふわりと揺れる。

笑うと意志の強そうな二重瞼の瞳が柔らかくなるのは、あの頃と変わっていない。

けれど、怜悧さを滲ませた眉とスッと通った高い鼻梁、そして突き出た喉仏や血管が浮き出た手の甲から肘までは、当時よりもずっと男性らしい。

諏訪くんは、白いシャツに黒いジャケットというシンプルな服装なのに、ジャケットの袖を捲っているせいで前腕が際立っている。

見慣れない彼を直視すると、やっぱり戸惑ってしまう。

それを隠すようにぎこちない笑みを返し、目の前の敦子にどうでもいい話を振った。


飲み会が始まってから二時間、みんなはずっと盛り上がっている。

一方で、私はこれからのことが不安で心底楽しむことはできず、化粧室に逃げ込んできた。

今は二十一時だし、まだお開きにはならないだろう。

日によっては、三次会まで繰り出すこともあるくらいだ。

普段なら最後まで参加するところだけれど、再就職先も家も決まらない今、遊んでいる場合じゃない。

そんな焦りから居心地の悪さが拭えなくて、スマホを取り出した。

【ごめん、先に帰るね】【悪いんだけど、お金はあとで返すから立て替えておいてほしい】

敦子にメッセージを送り、周囲を気にしつつ化粧室を出る。

幸い、化粧室は私たちのテーブルから死角になっているから、誰にも見つからずに外に出られるだろう。その予想通り、無事にお店を後にできた。

（よかった。声もかけなかったのは申し訳ないけど、なんとなく言い出しづらい雰囲気だし、空気を壊すのも嫌だもん……）

みんなはしっかりとキャリアを積んでいたのに、私だけ無職で居候の身なんて……本当はとても恥ずかしかった。

誰もが明るく励ましてくれたけれど、いたたまれなかった。

卑屈になりたくはないからこそ、このままあの場にいない方がいいと思ったのだ。

なによりも、これ以上は諏訪くんの隣にいるのがつらかった。

夢を教え合ったときと卒業するとき、私を応援してくれていた彼にがっかりされたんじゃないか……と、ずっと気がかりだったから。

もし美容師を続けていたら、もっと胸を張って諏訪くんに会えたんだろうか。

男子が苦手だった私が恋をした、唯一の男の子。

どうせ再会するのなら、せめてかっこ悪くない自分でいたかった。

初恋の彼の目に映るのは、不甲斐ない今の私よりも、あの頃のままの私の方がよかった。

たとえ、卒業式の日にあんな形で別れてしまったとはいえ、今と比べればまだマシだった気がするから。

（……って、やめよう。卑屈になりたくないし、まだ退職して三か月なんだから、これからもっと頑張ればいいんだよ）

自分自身に言い聞かせるように心の中で唱え、必死に口角を上げる。

「ねぇ、ひとり？　もしよかったら、これから飲みに行かない？」

直後、目の前に影ができ、顔を上げるとふたりの男性が立っていた。

「おお、めっちゃ可愛いじゃん」

「しかも、身体もいい感じだし？　君、胸おっきいね〜」

全身を這い回るような視線に、肩がびくつく。

無視して歩き出したいのに、身体が強張って足が動かなくなった。

「俺ら、さっき振られちゃってさー。傷心中なわけよ。だから、慰めてくれない？」

両側から囲まれ、肩や腰に手が回される。

「ひっ……」

身体が震え始めた私からは引き攣った声が漏れ、恐怖心に包まれて慄《おのの》いた。

「あれ？　震えちゃってるよ」

怖い――。ただそれだけの感情に支配されていく。

「可愛い〜！」

肌に触れる息が恐怖心を煽り、得も言われぬ嫌悪感を連れてくる。

もう大丈夫だと思ったのに、嫌な記憶がフラッシュバックして動悸がする。

「じゃあ、行こうか。悪いようにはしないからさ」

拒絶したいのに身体はまったく動かず、声も出せない。

周囲を行き交う人はたくさんいるのに、きっと私たちのことなんて眼中にないんだろう。

呼吸が上手くできないせいか、それとも恐怖心のせいか、視界が歪んでいった。

「おいっ‼」

刹那、両側を塞いでいた男性の気配が消え、背後に引っ張られた。

そのまま身体が翻《ひるがえ》され、優しい温もりに包まれる。

「なにしてるんだよ！」

地を這うような低い声が、頭上から降ってくる。

氷点下の声音なのに、私を守るように回された腕が温かいせいか、不思議と怖くない。

それどころか、数秒前まで感じていたはずの恐怖心も嫌悪感も消えていた。

「なんだよ、連れがいたのかよ！　だったら、誘うような態度を取るなよな！」

言い捨てるように遠のく足音を聞きながら、唇を噛みしめる。

一度だってそんな態度を取ったつもりはないのに、どうしてあのときと同じようなことを言われてしまうんだろう。

悔しさと同時に、自分に非がある気がして……やり場のない感情が込み上げてくる。

「大丈夫か？」

そのさなか、気遣うように声をかけられ、慌てて顔を上げた。

「は、はい……。あの――っ」

視界に入ってきた顔を見て、続けるつもりだった言葉を飲み込んでしまう。

瞬きも忘れて、目の前の人を凝視していた。

助けてくれたのは、諏訪くんだったのだ。

「……香月？」

「えっ……あ、はい、平気で……っ！　あ、ごめんなさい……！」

彼にじっと見つめられて頷いた直後、抱きしめられていることに気づいて飛びのいた。

温もりが離れたことで風が触れたせいか、全身に悪寒が走る。

「いや、俺の方こそごめん。勝手に触ったりして、気持ち悪かったよな」

「そんな……！」

慌てて首を横に振るけれど、私の態度ではきっと説得力はない。

助けてくれて嬉しいと言いたいのに、諏訪くんを前にしたせいか言葉が出てこなかった。

「香月、歩ける？」

「う、うん……」

彼に顔を覗き込まれ、反射的に頷く。

動かなかった足は、なんとか役目を果たしてくれそうだ。

と思ったのに、上手く機能してくれず、力を入れようとしても震えてしまう。

通行人に舌打ちをされ、ようやく邪魔になっていることに気づいて焦ったけれど、なかなか一歩が踏み出せなかった。

「……ごめん、香月。どうしても嫌だったら殴って」

「え？　……っ、諏訪くん⁉」

言うが早いか、諏訪くんは私の身体を抱き上げ、横抱きにして歩き出した。

「わ、私……自分で歩けるから……！」

「でも香月、震えてるだろ。変なことはしないから、ちょっとだけ我慢して」

彼の指摘で、初めて全身が震えていることを自覚する。

寒さのせいだとでも言い訳したいけれど、今夜は日中の気温を残しているように蒸し暑い。

胸の前で両手を握るようにすると、震えがわずかに治まった。

男性に触れられると、嫌悪感や恐怖心を抱くだけだと思っていた。

だって、いつもそうだったから。

けれど、今は嫌じゃないし、なぜかちっとも怖くない。

（知ってる人だから……？　ううん、たぶん……）

自分自身の感覚にひどく戸惑いつつも、私は逞しい腕の中で大人しくしていることしかできなかった——。

二章　災い転じて同居が始まる

近くにあった公園に着くと、諏訪くんは私をベンチに座らせてくれた。

「嫌じゃなかったら、これ羽織って」

「ありがとう……」

ジャケットを肩にかけてくれた彼に、どうにか微笑んでみせる。

諏訪くんはすぐ傍の自動販売機でペットボトルを二本購入し、「どっちがいい？」と訊いてくれた。

お礼を言って、ミネラルウォーターを選ばせてもらう。

蓋を開けてから渡してくれた彼が優しく微笑み、ベンチから一歩離れた場所に立った。

その行動に小首を傾げそうになった直後、ハッとする。

（そっか……。諏訪くんはきっと、自分が傍にいない方がいいと思ってるんだ……）

高校時代にも、同じようなことがあった。

三年生の二学期の文化祭のとき、知らない大学生ふたりに囲まれて動けずにいたところに諏訪くんが通りがかり、『先生が呼んでたよ』と助け船を出してくれたのだ。

もちろん、それは彼の嘘。

けれど、人気のない裏庭にごみを捨てに行ったときの出来事だったため、怖くてたまらなかった私にとってはヒーローのように見えた。

諏訪くんは、私が落ち着くまで少し距離を置いた場所で待ってくれていた。

彼の気遣いが私を怖がらせないようにするためだと察したとき、恐怖を感じていた心が不思議と温かくなったのをよく覚えている。

そして今も、あのときと同じ優しさを感じる。

「また、助けてもらっちゃったね……」

ぽつりと呟いた私に、諏訪くんが首を傾げる。

「諏訪くんはもう覚えてないかもしれないけど、高校の文化祭のときにも助けてくれたことがあったんだよ」

「覚えてるよ。遊びにきてた男ふたりに絡まれてた」

「うん……。あのときと同じだね」

「たまたまだよ」

彼はなんでもないことのように笑ったけれど、ちゃんと覚えてくれていたことも、偶然だったとしても助けてくれたことも嬉しい。

あのときも、今も。

「ダメだね、私……。あの頃からちっとも成長できてない……。さっきも、美容師だったときも、全然上手くあしらえなくて……」

「香月はなにも悪くないだろ。でも、それならなおさら追いかけてきてよかった。もし抜け出してこなかったら、香月のことを助けられなかったし」

そういえば、諏訪くんは飲み会を抜けてきてくれたのだ。

私はともかく、彼は『川本以外と会うのは久しぶりだ』と言っていたのに……。

諏訪くんが私を追いかけてきてくれた理由はわからないけれど、私のせいで抜け出したのなら申し訳ない。

「あの……諏訪くん、ごめんね。もしかして、私になにか用があったりした？　私、みんなには黙って出てきちゃったから……」

「別にそういうわけじゃないよ。ただ、俺がもう少し香月と一緒にいたかっただけ」

さらりとそんな風に返されて、思わずたじろいでしまう。

彼に他意はないだろうけれど、どう受け止めればいいのかわからなかった。

「香月、今は赤塚と住んでるんだって？」

「あ、うん。敦子から聞いたの？」

「ああ。香月が飲み会を抜け出したことも、赤塚が教えてくれたんだ」

「挨拶もしないで出てきちゃってごめんね。みんなで近況報告をしたとき、今は求職活動中だってことは話したでしょ？　でも実は、住むところもなくて……。ゴールデンウィーク中に住んでたアパートで火事があって、部屋を出るしかなくなっちゃったの」

「うん、聞いたよ」

「そっか。本当は、引っ越し先が決まるまでの間だけお世話になるつもりだったんだけど、結局は一か月も居座らせてもらってて……。そんな状態だから今日も参加するつもりじゃなかったんだ。仕事先も家も、早く探さないといけないし」

「赤塚、引っ越すって言ってたよな?」

「うん。今の部屋は今月いっぱいまでなの」

敦子は、さきほど引っ越しの件と婚約したことを報告していた。

必然的に私も部屋を出なければいけないことは言わなくてもわかるだろうから、心配をかけないようにあえて明るく笑った。

「でも、これまで助けてもらっただけでも充分すぎるから」

「香月はどうするつもり?」

「本当は仕事が決まってから家を探したかったんだけど、悠長なことは言ってられないし、ひとまず来週にでも家を決めてしまおうと思ってるよ。仕事よりも先に家を決めるのは、ちょっと不安なんだけどどね。でも、実家も頼れないし、それが一番かなって」

このまま無職の状態が続けば、短期賃貸マンションは不経済だ。

もちろん、そんな想像は現実にならないでほしいけれど。

それに、できれば東京《とうきょう》にいたい。

いつかまた美容師として復帰したいという思いは少なからずあるし、そのときには都内で働きたい。

やっぱりファッション性や最先端の技術なんかは、東京は地方とは一線を画するからだ。もともと、そういったことも踏まえて上京を視野に受験をし、東京の専門学校とサロンを受けたという経緯もあって、このタイミングで出戻るのは嫌だった。

「でも、就活って思ってたより大変なんだね。美容師のときは特に就活なんてしなくても就職先が決まったから、まさかこんなに苦戦するとは思わなかったよ。資格を活かせない職を選ぼうとしてるのがいけないのかもしれないけど……」

「香月、なにかあった？」

「え？」

「昔はあんなに美容師になりたがってたし、努力家で真面目な香月ならきっとすごく頑張ったんだろうなって思う。でも、資格を活かせない職ってことは、少なくとも次は美容師をするつもりはないってことだろ？　香月がそう思うなら、よほどのことがあったのかなって」

「諏訪くん、買い被《かぶ》りすぎだよ。私、そんなに真面目じゃないし、努力家ならもっと美容師として頑張れたはずだもん」

「でも……さっき、全然上手くあしらえなかったって話をしたとき、香月は『美容師だったときも』って言ったよな？」

自嘲交じりの微笑を漏らせば、諏訪くんが心配げに眉を寄せる。

「……引かないで聞いてくれる？」

職を失った言い訳をしたくて、彼を見つめて問う。

「ああ、絶対に引かない。約束するよ」

力強く頷いてくれた諏訪くんは、あの頃のままの優しさを見せてくれた。

私はすっかりかっこ悪くなってしまったけれど、せめて少しだけ言い訳をさせてほしい。

「私ね……上司と上手くいかなくて辞めたの……。その、パワハラとかセクハラ……されちゃって……」

語尾が小さくなっていく私に、彼は目を大きく見開いた。

＊＊＊

高校を卒業後、美容師の資格を取るために専門学校に進学し、二年後に就職したところまではよかった。

順風満帆とは言わないけれど、そこそこ順調だったと思う。

就職先は大手ではないものの、都内に十二店舗を構える人気店。

トップスタイリストの中には、二か月先まで予約が埋まるほど人気の人もいた。

インターンでお世話になったとき、オーナーと店長の人柄のよさや、スタッフが和気藹々《わきあいあい》としていたところにも好感を持ち、安心して働ける職場だと実感した。

ところが、新社会人になってすぐ、そんなものは打ち砕かれてしまったのだ。

私が配属されたのは、十二人のスタッフのうち八人が男性という男女比率の偏《かたよ》った店舗で、それ自体はインターンのときからわかっていた。

できれば女性比率の高い店舗に配属されたかったけれど、もちろん選択権はない。

高校と専門学校ではなんとか異性とも普通に話せるようにはなったものの、物心ついたときから身内以外の男性が苦手だったからいささか不安はあった。

ただ、私の不安に反して先輩たちはとても優しく、なんとかやっていけると思っていた。

それなのに、梅雨が明けないうちから、私の環境はどんどん悪い方へと変わっていった。

最初は気のせいだと思ったけれど、そうじゃないと確信したのは就職して三か月が経った頃のこと。

指導係になった先輩の男性スタイリスト——平岡《ひらおか》さんとふたりで残り、ヘッドスパの練習をさせてもらっていたとき、彼の手が私の胸元をかすめたのだ。

驚いて声を上げた私に、彼は『これくらいで動揺しちゃダメだよ』と悪びれなく笑った。

『お客さんの中にはもっとがっつり触ってくる人もいるよ？』と、まるで当たり前のように言われて身体が硬直した。

怖くて、気持ち悪くて、逃げ出したいのに……。『早く続けて』と指示されれば、逆らうことはできなかった。

自衛のためにできる限り身体を離せば『もっとちゃんとしてよ』と叱られ、『やる気がないなら指導しなくてもいいけど』と言い渡される。

スタイリストへのデビューが遠のくのが嫌で、言われた通りにやるしかなかった。

もともと、小学生の頃はよく男子にからかわれていた。

特定の男子数人に教科書や体操服を隠されたり、帰り道で追いかけ回されたり……。六年生になるとようやく収まったけれど、その頃にはもう男子が苦手だった。

その後、私の胸は華奢な体型に反してどんどん成長し、中学生の頃から異性の好奇の目にさらされていることに気づいていた。

私にしか聞こえないようにいやらしい言葉をかけられたり、一部の男子から陰で『ヤりたい』と言われていることを知ったり、はたまた電車などで痴漢されそうになったり……。

そのせいで男子に嫌悪感と恐怖心を抱き、日に日に異性からの視線に怯えるようになった。

胸元をじっと見られたり、街中や電車で性的な目を向けられたりしたことは数え切れない。

だから、そういったことに過敏な自覚もある。

平岡さんの態度だってたまたまかもしれない……と自分自身に言い聞かせ、私なりに必死にかわしながら仕事をひとつずつ覚えていった。

けれど、彼のセクハラはエスカレートしていくばかり。

猛暑日が続く真夏でもできる限り露出の少ない服を選んで、平岡さんとも最大限の距離を取るように気をつけた。

抵抗だってしなかったわけじゃない。

強くは言い切れなかったものの、『やめてください』と訴えたことも、こらえ切れずに泣いてしまったこともある。

それなのに、彼から『泣き顔を見るともっと触って癒やしてあげたくなるんだよね』とまで言われ、涙を見せることは事態を悪化させるのだと余計に恐怖心を抱いた。

我慢し切れなくなり、思い切って誰かに相談しようと考えたことも何度もある。

ただ、平岡さんは同僚からは慕われ、店長やオーナーからは信頼されていたため、なかなか言い出せなかった。

同期は男性スタッフひとりで、平岡さんを尊敬していた。

女性スタッフは優しくていい人たちばかりだけれど、全員が彼よりも年下だった。

そういった環境の中、私が平岡さんのことを周囲に漏らせば、私を可愛がってくれている先輩たちを困らせるのは明白だ。

さらには、少しずつ仕事を任せてもらえるようになっていた時期だったことが、私に退職という選択肢を失くさせた。

出勤するときには足が竦《すく》みそうになり、平岡さんとふたりきりになるのが怖くて、ときには動悸がしたこともあった。

彼から不用意に身体を触られるたびに傷つきながらも、まともな抵抗もできない。

三年目でスタイリストとしてデビューできてもセクハラがなくなることはなく、いつの間にかひとりで居残りや雑用をさせられるなどのパワハラまでひどくなっていた。

辞めようと思ったのは、一度や二度じゃない。

それでも、ようやくスタイリストとしてデビューできたというのに、転職したらまたアシスタントから始めなければいけなくなる。

そう思うと、結局は決断できなかった。

サロンにもよるけれど、三年目の美容師では圧倒的に経験が足りず、転職後はアシスタントから始めるのが普通だろう。

そもそも、昔からずっと男性から好奇の目を向けられてきたからこそ、どこに行っても同じことになるかもしれない……と思ったのもある。

だから、とにかく耐え抜こうと決めた。

事態が好転したのは、四年目の春。

系列の店舗に異動になり、ようやくこの環境から抜け出せるかもしれないとホッとした。

私の希望を叶えるように女性スタッフの多い店舗に配属され、同僚との関係も良好で働きやすい環境だったため、異動してからの二年間は平和に過ごせた。

指名してくださるお客様も徐々に増え、ようやく美容師として適切なスタートラインに立てたような気持ちになり、前向きに頑張ろうと思った。

ところが、異動から翌々年、またしても事態が悪い方へと転がってしまう。

店長だった女性スタイリストが寿退職し、平岡さんが新店長として配属されたのだ。

そこからの一年は、地獄のようだった。

フラッシュバックなのか、彼が配属されて一週間もしないうちにひどい動悸に悩まされ、一か月後には単純なミスを連発するようになった。

お客様と話していても内容が記憶できず、次第に小さな失敗が増えていく。

このままではいけないと思うのに、ミスをするたびに閉店後に平岡さんからバックヤードに呼び出され、全身に纏わりつくような視線の中で不要な接触をされる。

秋になる頃には欠勤するようになり、当然ながら指名も減っていった。

つらくて悲しくて苦しい中、悔しさもあるのに、気力も体力も湧いてこない。

朝起きた瞬間から涙が零れて、ひどいときには外にさえ出られない。

退職する半年前には、まともに仕事ができないような状態になりつつあった。

もう無理だと感じて意を決して退職を申し出たところ、『今辞められたら俺の査定に響く』と怒鳴られ、『俺に触られても本気で嫌がってなかったよな』と下品な笑みを返された。

それが大きなきっかけとなり、最後には心療内科で診断書を取って病休を申請し、今年の三月いっぱいでようやく退職したのだ——。

＊　＊　＊

「なにがあっても辞めないって決めてたんだけど、お客様のカウンセリング中も話が頭に入ってこないから、全然仕事にならなくて……」

諏訪くんには詳細までは話さなかったけれど、指導係のスタッフからのパワハラとセクハラがあった……ということだけを打ち明けた。

どんなことをされてなにを言われたのかまでは、情けなくて恥ずかしくて言えないから。

「それは香月が悪いわけじゃないだろ」

「でも……私の事情はお客様には関係ないから……。お客様の要望に一〇〇パーセント応えるのは難しいけど、限りなくそこに近づけるようにして、できればもっといいものを提供できなきゃいけないのに……カウンセリングすらまともにできないなんて、話にならないもの」

診療内科には通ったものの、仕事を辞めてしまえば動悸はなくなった。

セクハラされているときは食欲が落ち、特に今年に入ってから四月の中頃まではろくに食べられずに随分痩せたけれど、食欲もようやく戻った。

今でもさきほどみたいなことがあれば身が竦むものの、男性と話すことはできる。

もちろん、まったく平気なわけじゃなくても、日常生活に支障はない。

ただ、退職後すぐに平岡さんから【ホテルで会おう】といった内容のメッセージが届いたことがあり、まだ安心し切れないのだけれど……。

「あのさ、香月」

不安と先の見えない現状にため息を漏らすと、諏訪くんが神妙な面持ちになった。

彼は私に一歩近づき、しゃがんでから私をじっと見つめた。

「もしよければ、うちを受けてみないか？」

「え？　うちって……諏訪くんの会社ってこと？」

「ああ。無条件に採用するわけにはいかないから、面接を受けて正規の手続きを踏んでもらうことにはなるけど……一応、未経験者も採用はしてるから」

予想外の言葉に、目を丸くする。

「うちは社員が少ないからいずれ色々こなしてもらうことになるけど、最初は事務職のアシスタントから始めて、慣れれば仕事の幅を広げていくって感じかな。わからないことは俺が教えるよ。俺が無理なときは、誰か女性社員についてもらうようにする」

諏訪くんは本気のようで、彼の表情も声音も真剣そのものだった。

「バイトも含めてスタッフは本当に信頼できる人しかいないし、来客もあるけど俺の目の届く範囲なら香月を守ってあげられる」

ただの同級生で、会ったのは高校の卒業式以来。

何年も接点がなかったのに、諏訪くんがここまで言ってくれることに驚いた。

「高給ってわけにはいかないけど、都内で普通に生活できるくらいの給料はちゃんと出せる。家財付きの家も用意するし、少なくとも最低限の衣食住は保障できるよ」

「で、でも……」

彼の好意は嬉しいけれど、さすがにそこまで甘えていいのかわからなかった。

「赤塚の家は今月中に出ないといけないんだろ？　実家にも頼れないなら、せめて住むところだけでも確実に確保した方がいいんじゃないか？」

そんな私をたしなめるように、諏訪くんが静かに現実を口にする。

確かに、彼の言う通りだ。

このまま敦子の家を出てもすぐに仕事が決まるとは限らないし、下手をすれば路頭に迷う。

もっとも、さすがにそうなる前に実家を頼るとは思うけれど……。仕事を辞めただけでも心苦しいのに、家族にこれ以上の心配はかけたくない。

「香月さえよければ、先に家を用意するよ。色々と準備もしたいだろうから、面接は今月中に受けてもらうとしても仕事は来月からで大丈夫だ。もし考える時間が欲しいなら数日待つよ」

諏訪くんは、決して無理強いはしなかった。

そういえば、昔からそうだった。

人気者なのにどこか物静かでミステリアスなところがあって、相手の気持ちを汲むのが上手い人だと思ったことがある。

他の男子たちのようにバカ騒ぎをしたり変な視線を向けたり……なんてこともなかった。

私の周囲にいる男子の中で、彼だけはみんなとは違っていた。

「……本当にいいの？」

「ああ、もちろん。無理ならこんな提案はしないよ」

大きく頷いて微笑んだ諏訪くんは、相変わらずしゃがんだまま私を見つめている。

彼がその姿勢になったときからずっと不自然に思っていたけれど、こうすることで私に威圧感や恐怖心を抱かせないように配慮してくれているのだ……と気づいた。

私が諏訪くんだけは怖いと思ったことがないのは、彼のこういうところが理由のひとつなのかもしれない。

「あの、じゃあ……ご迷惑をおかけしますが、よろしくお願いします」

「うん、こちらこそ」

立ち上がった諏訪くんが、私との距離を詰める。

それから、骨張った手を差し出してきた。

「……あ、こういうのは苦手だったよな」

ハッとしたように手を引っ込めた彼に、慌てて首を横に振る。

「う、ううん！　平気だよ！」

高校時代は、男子と触れ合うのが怖かった。

今でも平気なわけじゃないし、男性との不要な接触は極力避けている。

けれど、相手が諏訪くんだと思うと、考えるよりも早く口をついていた。

「そっか。じゃあ、よろしく」

「よろしくお願いします」

そっと出された右手を、おずおずと伸ばした手で控えめに握る。

もしかしたら嫌悪感を抱くかもしれないと考えて不安だったけれど、幸いにも平気だった。

ただ、緊張のせいか急にドキドキし始めて、彼の目を真っ直ぐ見ることができなくなった。

「明日、時間はある？　都合がつくなら家に案内する」

「じゃあ、お願いしてもいい？　できるだけ早く見ておきたいし」

「早々に引っ越したいなら、明日にでも入居できるよ」

「えっ⁉」

「荷物は徐々に運び込む形でもいいけど、仕事が始まる前に新居での生活に慣れておいた方がよくないか？　赤塚だって荷造りもあるだろうし」

さすがに明日引っ越すのは考えていなかったけれど、諏訪くんの話には共感できた。

もし採用してもらえたとしたら、仕事が始まってから余裕があるかはわからない。

けれど、早めに入居できれば、周囲を散策したり部屋をゆっくり整えたりできる。

なにより、私がずっと居候させてもらっているせいで、敦子は気が休まっていないはず。

いくら仲がよくても、１ＬＤＫの部屋に他人が住んでいるんだから。

「確かにそうだよね。私、荷物はほとんどないの。敦子の部屋に全部は運び込めないから、今はレンタルスペースを借りてるんだけど、家財や家電はなくて……」

「じゃあ、服とかだけ？　それなら、俺の車でも事足りるかもしれないな」

「そんな……さすがに、諏訪くんにそこまで迷惑はかけられないよ。レンタカーを借りるか、業者に頼むから」

「気にしなくていいよ。家に案内するついでだし、友達なんだから頼ってくれた方が嬉しい」

戸惑う私を余所に、彼は「そうしよう」と言い切ってしまう。

「明日の一時に迎えに行くよ。レンタルスペースに寄ってから家に連れて行くから、ひとまず持ち運べそうなものだけ準備して待ってて」

サクッと予定を立ててしまった諏訪くんが、にっこりと笑う。

ここまで頼るのはとても申し訳ないと思う反面、お世話になる身としては頑なに断るのもよくない気がした。

それに、正直に言えば彼の提案は本当にありがたい。

私は、落ち着いたらなにかお礼をしようと決めて、「お願いします」と頭を下げた――。


翌朝、敦子に事の始終を話すと驚かれたけれど、「よかったね」と笑ってくれた。

「諏訪くんなら信頼できるし、なにかあっても助けてくれるんじゃない？　それに、できることなら知り合いの会社で働ける方が志乃だって心強いでしょ」

「でも、ここまでしてもらっていいのかな。ただの同級生ってだけで、こんなによくしてもらうのは申し訳ないっていうか……」

気がかりなことを口にすれば、彼女が明るい笑みを浮かべる。

「なに言ってるの！　本人がいいって言ってるんだからいいじゃない。志乃はなんでも自分でどうにかしようとしすぎるから、諏訪くんみたいな面倒見のいい人が傍にいてくれる方がいいんだよ。ついでに付き合っちゃえば？」

「え……？」

「だって志乃、高校のときずっと諏訪くんに片想いしてたし。チャンスじゃない？」

ニヤニヤする敦子に、ボッと顔が熱くなる。

「そんなの、昔の話だから……！」

「でも、本当はまだちょっと忘れられないよね？　昨日だって緊張してたみたいだし」

「だって、久しぶりに会ったし……。その……すごくかっこよくなってたし……」

「しかも、志乃の話になったとき、すかさず優しくフォローしてくれたし？　変な男に絡まれてるところを助けてもらったし？」

「敦子、おもしろがってるでしょ。っていうか、諏訪くんは親切にしてくれてるのに、そんなこと考えるのは失礼だよ」

「そうかなぁ。諏訪くんだって、どうでもいい相手にそこまでしないと思うけど」

「そんなことないよ。諏訪くんは優しい人だから」

異議を申し立てる私に、彼女が肩を竦める。そのあとで、優しい眼差しを向けられた。

「まあ、こんなに突然出ていくとは思わなかったけど、私も安心した。うちにはあと半月しかいられないし、私も引っ越し準備を始めると志乃のことは助けてあげられなかったと思うし」

「たくさん迷惑かけてごめんね。でも、長い間置いてくれてありがとう」

「なに言ってるの。これくらい当たり前だからね！　志乃だって、逆の立場だったら私を置いてくれたでしょ？　困ったときはお互い様！　それに、同棲や結婚生活が嫌になったら今度は私が志乃の家に押しかけるから、おいしいご飯食べさせてね」

冗談めかした敦子に「もちろん」と返したあと、顔を見合わせてクスクスと笑う。

迷惑をかけてしまったけれど、この一か月ほどは楽しいことがたくさんあったし、なによりも彼女に傷を癒やしてもらった。

本当にどれだけ感謝しても足りない。

約束の時間の五分前に迎えに来てくれた諏訪くんに、敦子は「志乃をよろしくね」とまるで母親のように言い、彼は真剣な顔つきで頷いていた。

その光景を見ていた私は、面映ゆいような気持ちになりつつも、こうして思いやってくれる友人がいて幸せだと思った。

諏訪くんは、レンタルスペースまで車を走らせ、荷物を積み込んでくれた。

「あの……ごめんね。こんな高そうな車に、荷物をいっぱい積ませちゃって……」

車種はよくわからないけれど、スタイリッシュなブラックの車体は見るからに高級そうだし、左ハンドルに加えて車内のデザインも洗練されている。

いわゆるスポーツカータイプらしい車には、どう考えてもこんな大荷物は似合わない。

「そんなこと気にしなくていいよ。それより、香月って車に興味ない？」

「うーん、特には……。自分が運転するなら軽がいいし、そうじゃなくても乗れればなんでもいいかなって。地元と違ってこっちは交通量が多くて怖いし……」

前を向いたままクスッと笑った彼が、「そっか」と相槌を打つ。

その後も他愛のない話をしていると、諏訪くんが重厚な門構えのマンションの地下駐車場に車を停めた。

「あの、諏訪くん……ここが家なの？」

「うん。荷物は一気に運べないから、あとでまた取りに来よう」

怪訝に思いつつも、彼があまりにも普通に答えたからそれ以上は尋ねづらくなる。

「とりあえず、最低限の荷物だけ持って降りて」

諏訪くんは、助手席に回ってくるとドアを開けてくれた。

ひとまず降りて周囲を見渡せば、高級そうな車がずらりと並んでいる。

疑問がいっそう大きくなり、少しだけ不安に思いつつも彼についていくと、エレベーターに促された。

港区《みなとく》の一角にあるこのマンションは四階建てのようで、諏訪くんがモニターの傍にカードキーをかざせば『Ⅳ』のパネルが光る。

すぐに四階に着き、ドアが開いた。

エレベーターを中心に左右に廊下が広がっていて、両方の突き当たりにドアがある。

彼は私のキャリーバッグを持ち、「こっちだよ」と左に向かって歩き出した。

慌てて後を追いながらも、違和感が大きくなっていく。

部屋の前で足を止めた諏訪くんは、カードキーでドアを開けて微笑んだ。

「どうぞ」

「あの、ここって……」

「ほら、早く」

疑問を紡ぐ暇もなく急かされ、私は広い玄関に尻込みしそうになりながらも「お邪魔します」と小さく言い、脱いだパンプスを揃える。

最奥のドアまで行くように告げられ、ゆとりのある廊下を進んだ。

後ろから伸びてきた手がドアを開けると、モデルルームのようなリビングが視界に飛び込んできた。

「あの……ここって諏訪くんの家だよね？　えっと、私が住む家じゃない、よね……？」

心の片隅では確信を持ちながらも戸惑っていた私に、彼がにっこりと笑みを湛える。

「いや、香月が住む家だよ？」

「ええっ⁉」

「香月の言う通りここは俺の家だけど、部屋なら余ってるから遠慮しなくていい」

「ま、待って……！　そんなの――」

「でも、他に住むところなんてないだろ？」

「それは……」

「赤塚の家はもうすぐ引き払うし、仕事はうちに来ることになったとしても、家を借りるなら敷金礼金はそれなりにかかる。ここは会社からも近いし、セキュリティも万全だから」

「で、でも……だからって……」

「それに、ここにいたら香月を助けてあげられる。もちろんずっと住む必要はないし、落ち着いて家を探せるときが来れば不動産屋も紹介するよ」

動揺と困惑で冷静さを欠いた私は、諏訪くんの行動が理解できない。

一方で、彼はなんでもないことのように言ってのけたかと思うと、おもむろに眉を下げた。

「赤塚から香月のことを頼まれたのに、ここで香月に断られたら赤塚の信頼を裏切ることになるな……」

今の諏訪くんは、まるで捨てられた仔犬のような目をしている。

悲しげな瞳を向けられているせいか、垂れ下がった耳と尻尾まで見える気がした。

そんな顔で見つめられてしまったら、全力で拒否できない。

「男と二人暮らしなんて不安かもしれないけど、焦って部屋を見つけてセキュリティが万全じゃなかったり、隣人が変な奴だったりしたら困るだろ？　ひとまず落ち着くまではここにいて、今後のことはゆっくり考えればいいんだよ」

優しく、当たり前のように説明されると、確かにその通りだと思いそうになった。

(で、でも……同居ってこと、だよね？　確かに、敦子にはこれ以上甘えられないし、諏訪くんのことは信頼できるとは思うけど……。だからって……)

仮にも相手は男性で、学生時代には好きだった人。

もっと言えば、初恋で、ずっと忘れられなかった人。

(そんな人と一緒に住むなんて……。しかも、キスまでしちゃった相手だよ？　っていうか、諏訪くんはあのときのことをどう思ってるんだろう……。もう覚えてないのかな……？)

そこまで考えて、頭をぶんぶんと振る。

やっぱりここは断るべきだ。

「あの、諏訪くん――」

「とりあえず、仕事のことも説明したいし、コーヒーでも淹れるよ」

「えっ？　いや、あのね……っ」

アイランド型のキッチンに行った彼を追いかけると、優しい笑みを向けられた。

「大丈夫だよ。俺の目の届くところにいてくれた方が守れるし、香月には安心して暮らしてもらえるように努力する。もちろん、香月が嫌がることは一切しない」

真っ直ぐな瞳に、たじろいでしまう。

「それとも、俺のことは信頼できない？」

すると、その一瞬の隙を突くように、諏訪くんが不安そうに眉根を寄せた。

またしても捨てられた仔犬のような目で見つめられて、まるで自分が悪いことをしているように感じて焦ってしまう。

気がつけば、私は『そんなことはない』と言うように勢いよく首を振っていた。

「じゃあ、決まり。今日からここが香月の家だ」

ふわりと瞳を緩める彼につられてコクコクと頷いてしまったのは、その直後のこと。

断るつもりだったはずが、諏訪くんの笑顔を前にすると流されていく。

ずっと災いばかりの日々を送っていたのに……。こうしてなぜか突然、初恋の彼との同居が始まることになったのだった――。

三章　遠くの親類より再会した初恋の人？

翌日のお昼どき、小さなカフェに現れた敦子を見た瞬間、縋るように口を開いた。

「どうしよう、敦子！」

不安いっぱいに訴えた私を余所に、彼女は店員を呼び止めて注文してから笑顔を見せた。

「どうもこうも、そのまま一緒に住めばいいでしょ。本人がいいって言ってるんだし」

昨夜、敦子からの電話で『新居はどう？』と訊かれて泣きついた私にも、彼女はまったく同じことを言った。

それでも泣き言を繰り返していると、敦子が昼休みに会うことを提案してくれたのだ。

「もう荷物も全部運んだんだし、レンタルスペースを借り続けるのも不経済だったし、仕事も家も一気に見つかってよかったでしょ？　ラッキーじゃない」

彼女はあっけらかんと言い放ち、「これで私も一安心」と笑った。

「で、でも……同居だよ？　期間限定だからって、男の人となんて……」

「別に知らない相手じゃないし、志乃にとっては初恋の相手なんだから、むしろハッピーじゃない？　このまま仲良くなって、本当に付き合っちゃうかもよ？」

「もう！　私は真面目に悩んで――」

「私だって真面目に言ってるの。志乃、せっかく就職する前には男の人とも普通に接することができてたのに、最低な元上司のせいでまた男性恐怖症っぽくなってるでしょ？　でも、あんな奴のせいでこのままずっと恋もしないで生きていくなんて、すっごく悔しいじゃない！」

「わ、私は別に恋なんて……。それに、今は仕事のこととか考えなきゃいけないし」

「それはそれ！　志乃は可愛いし、性格だっていいんだから、もったいないよ！」

力説する敦子が、私のことを心配してくれているのは充分わかっている。

「だから、手始めに初恋の相手と仲良くなってみれば？　他の男性は無理でも、諏訪くんなら志乃も大丈夫みたいだし」

恋愛のことはともかく、確かに諏訪くんは怖くない。

きっと、高校時代に優しくしてもらったことや飲み会の日からずっと助けてもらっていることが大きな理由だろう。

とはいえ、それだけで同居をするなんて考えられない。

もっとも、敦子の言う通り、荷物はすでにすべて運び込んでいる。

彼が昨日のうちにレンタルスペースをもう一往復してくれることになり、私はあの仔犬のような目に負けて言われるがまま受け入れてしまったのだ。

「それにほら、遠くの親類より再会した初恋の人、っていうか？」

「それを言うなら、『遠くの親類より近くの他人』でしょ」

「細かいことはいいの。とにかく、今は諏訪くんに甘えなよ。志乃、最近は平気そうにしてたけど、飲み会のときみたいに男に絡まれたらやっぱり身が竦むんでしょ？」

「……うん」

「だったらなおのこと、信頼できる人に傍にいてもらった方がいいよ。私は引っ越すし、もしそうじゃなくても女同士よりも防犯効果は高いでしょ」

彼女は「ね？」と首を傾げ、優しく瞳を緩めた。

「別にずっと一緒に住むわけじゃないし、家が広いならある程度プライバシーも守られるだろうし。そんなに気負わずに甘えて、お礼にご飯でも作ってあげれば？」

志乃は料理が得意じゃん、と言われて、ようやく私からも小さな笑みが零れる。

諏訪くんはただの同級生だからこそ、ここまで親切にしてもらうわけにはいかないと思うけれど、気持ちが幾分か軽くなった。

彼は今日、早く帰ってくると聞いている。

敦子のアドバイス通り、夕食の支度をして待つことに決め、彼女にお礼を言って別れた。

諏訪くんの家の周辺を散策し、スーパーやドラッグストアを回った。

両手いっぱいの荷物に息切れしながらもマンションにたどりつくと、コンシェルジュに出迎えられる。

まだ慣れない状況に緊張しつつも、女性スタッフから「おかえりなさいませ」と声をかけられ、笑みを浮かべて会釈をした。

高級低層レジデンスも、カードキーも、私には分不相応すぎて気後れしてしまう。

彼が『俺の寝室と書斎以外は好きに使って』と言ってくれた４ＬＤＫの室内は、モデルハウスのように綺麗で広い。

優に二十帖は超えたリビングには、アイランド型のキッチンとフランスのインテリアブランドのテーブルセット、Ｌ字型のソファが置かれている。

大きなテレビは、アクション映画を観れば迫力満点だろう。

グレー系で統一されたパウダールームにはダブルシンクが、バスルームにはゆったりと脚を伸ばせるバスタブが設置されていた。

クローゼットや玄関のシューズボックスは大きいのに、ウォークインクローゼットもある。

バルコニーに置かれたロッキングチェアでは、ときどき読書をしたりお酒を飲んだりしているのだとか。

諏訪くんが『使ってないから』と言った残りの二部屋のうちの一室はがらんとしていて、私が使わせてもらうことになった部屋はゲストルームのようだった。

なにはともあれ、彼の生活環境は私の想像を遥かに超えている。

昨日は『気兼ねせずにくつろいで』と微笑まれたものの、ちっとも落ち着けそうにない。

ただ、外国のような広いキッチンは使ってみたかった。

（いきなり使わせてもらうのは気が引けるけど、諏訪くんは自由に使っていいって言ってくれ

たし……。諏訪くん、お言葉に甘えて失礼します）

心の中で頭を下げ、キャビネットを開く。

最低限の生活用品がどこにあるのかは昨日のうちに教えてもらっていたから、必要なものはすぐに見つかった。

フライパンや鍋を出し、数本あった包丁のうちの一本を手に取る。

どれもとても綺麗で、頻繁に料理をしている感じはない。

ところが、食器棚を覗いたときには手が止まってしまった。

並んでいるプレートやマグカップが、ペアのものばかりだったから。

お茶碗まで色違いのデザインで、もしかしたら恋人と揃えたのかもしれないと思う。

（そういえば、彼女がいるとは聞いてないけど、大丈夫なのかな？　いや、さすがに居候させてくれるくらいだから、今はきっといないよね？　でも……）

ペアの食器が多い食器棚からは、諏訪くんの過去にいた女性の影がちらつく。

もちろん、彼みたいな素敵な人に恋人がいない方がおかしいけれど、胸の奥がチクリと痛んだ気がした。

（いや、別に傷ついたわけじゃなくて……初恋の人の彼女って気になるっていうか……。それに、キスまでしちゃった相手だし……。しかも、ファーストキスだったし……）

誰にするでもない言い訳を心の中で呟いたところでハッとして、首をぶんぶんと横に振る。

（キスのことはもう考えないようにしよう。だって、諏訪くんは親切で住まわせてくれるんだし……私がこんなことばかり考えてたら失礼だよね。だいたい、諏訪くんは全然気にしてないか忘れてるからここに住むことを提案してくれたんだろうし……）

小さく痛んだ心には気づかないふりをして、無理やり自分自身に言い聞かせようとする。

気分を切り替えるように袋から合挽肉を出し、野菜も並べていった。

今夜のメニューはおろしハンバーグにして、汁物と副菜を二品ほどつける予定だ。

諏訪くんの好みがわからないため、無難なものに決めた。

料理はとても好きで、実家にいるときにはよく母の手伝いをし、母がパートで帰宅が遅くなるときには私が食事当番だった。高校時代には自分でお弁当も作っていたくらい。

上京して一人暮らしを始めてからも自炊をするように心掛け、体調が悪くなる前まではお弁当を持参していた。

食生活だけはきちんとするように、と母に口酸っぱく言われていたから。

おかげで、料理の腕だけはそこそこだと思うし、味は家族と敦子のお墨付きだ。

（これくらいしか特技はないんだけどね）

とはいえ、彼に食べてもらうのは緊張する。

出来上がる直前になって、口に合わなかったらどうしよう……と不安に駆られてしまった。

「ただいま」

そんな心配をしていると、諏訪くんが帰宅した。

玄関の方で物音がしてから彼がリビングに現れるまでは三十秒もなく、私はフライパンを片手にぎこちなく微笑む。

「おかえりなさい」

すると、諏訪くんが静止し、一拍ほど置いて笑みを浮かべた。

「いい匂いだな」

「あ、うん。ちょうどできたところなんだけど、もしよかったら一緒に食べない？」

「え？」

「もちろん、無理にとは言わないんだけどっ……！　お腹空いてないとか、苦手なものとかあるかもしれないし……」

目を丸くした彼を前に、慌てて逃げ道を作る。

断られる可能性を考えていなかったことに気づいて、今さらためらってしまった。

「いや、嬉しいよ。実はお腹ペコペコなんだ」

「本当？　あ、でも諏訪くんの口に合うかはわからないんだけど」

「絶対うまいよ。香月、高校のときは自分で弁当作ってただろ？　いつもうまそうだなって思ってたから楽しみだ」

諏訪くんが高校時代のことを覚えてくれていたことも、そんな風に思ってくれていたことも、とても嬉しい。

けれど、あまりに素直に言われてドキドキした。

それに、断られなかったことにはホッとしたものの、ハードルが上がった気がして別の心配事ができてしまう。

もっとも、料理は完成しているし、私から誘った以上は今さらなかったことにはできない。緊張しながらも手早くテーブルにお皿を並べ、彼と向かい合って座った。

「じゃあ、いただきます」

諏訪くんが嬉しそうな顔で両手を合わせ、お箸でハンバーグを掴んで口に運ぶ。固唾を飲むような思いで様子を見守っていると、直後に彼の目が見開かれた。

「うまい！　香月、このハンバーグめちゃくちゃうまいよ！」

諏訪くんの表情が、まるで少年のように無邪気に綻んでいく。

お世辞じゃないのは明白で、私は安堵感とともに喜びを抱いた。

「この味噌汁も、ちゃんと出汁を取ってるよな？　カツオの味がしっかりしてる」

「今日は時間があったから。いつもちゃんとしてるわけじゃないよ？」

「でも、これだけ作るのって時間がかかるだろ」

おろしハンバーグ、タコときゅうりの酢の物、きのこの和風マリネ、ナスと玉ねぎのお味噌汁。ハンバーグの付け合わせは、ブロッコリーと人参のグラッセにした。

確かに少し時間がかかったけれど、彼に喜んでもらえたのなら作った甲斐がある。

「実は、香月がまだ晩ご飯を食べてなかったら、近所のイタリアンにでも誘うつもりだったんだ。そこ、結構うまくてよく行くんだ」

「そうなの？」

「ああ。でも、香月の料理の方がうまいし、香月の手作りが食べられてラッキーだ」

ふわりと優しい笑みを携え、恥ずかしげもなく話した諏訪くんには、きっと他意はない。

それはわかっているからこそ、ドキドキしてしまった自分を心の中で叱責した。

「そっか。そんな風に言ってもらえてよかった」

必死に平静を装い、なんとか笑顔を返す。

彼はその後も嬉しそうにお箸を進め、綺麗に平らげてくれた。


夕食後、諏訪くんから「話がある」と言われ、ふたりでソファに座った。

少し離れて腰掛けた彼は、やっぱり私と適度な距離を保ってくれる。

諏訪くんが怖くないのは、こういう気遣いを当たり前のようにしてくれるからなのかもしれない。

本音を言うと、川本くんたちにはわずかとはいえ、恐怖心があった。

それなのに、諏訪くんにだけは再会したときから一度も恐怖や嫌悪感を抱いていない。

諏訪くんとなら普通に過ごせるなんて信じられないけれど、少なくとも私にとって彼だけは他の男性とは違う。

それはもう、自覚している。

たまにドキドキするのは、諏訪くんと一緒にいると淡い恋をしていた頃を思い出してしまうからだろうか。

彼があまりにも素直な気持ちを口にしてくれるのも、なんだか面映ゆかった。

「俺と同居するのは大丈夫そう？」

ぼんやりしていると、諏訪くんが私をじっと見つめていた。

少しの間考えて、彼を見つめ返しながら小さく頷く。

「うん。諏訪くんは優しいし、すごく気を使ってくれるし、大丈夫だと思う。でも、諏訪くんは本当にいいの？」

「もちろん。無理なら最初からこんな提案はしないよ。それに、俺も香月となら上手くやっていけそうだと思ってるし」

諏訪くんの言葉に安堵したあとで、それなら色々と決めておかなければいけないと思う。

さすがに、すべて彼におんぶに抱っこ……というわけにはいかないから。

「じゃあ、家賃はいくら払えばいいかな？　さすがに折半は厳しいと思うけど、いくらかは入れさせて。あと、私にできることはするから、なんでも言ってほしい」

控えめに訊けば、諏訪くんがきょとんとしてから眉を下げて笑った。

「まさか家賃なんて取る気はないよ」

「えっ、でも……」

「家も仕事もなかった女の子から家賃を巻き上げるなんて、悪人みたいだろ」

冗談めかした彼に、首を横に振る。

「そんなこと……！　住まわせてもらって仕事の面倒も見てもらうんだから、ダメだよ！」

「本当にいいよ」

一向に首を縦に振らない諏訪くんを見て、ようやく彼は最初からそのつもりだったのかもしれない……と気づく。

きっと、私から家賃を取る気なんてなかったのだ。

「その代わり、今日みたいにときどき食事を作ってくれると嬉しい」

「それはもちろん！　っていうか、そんなの家賃とは別にさせてもらうよ。諏訪くんにはお世話になりっ放しだし、家事くらいなら私にもできるから」

「ありがたいけど、掃除や洗濯は週二回ハウスキーパーに頼んでるし、間に合ってるんだ。家賃の件はこれで終わりにしよう」

これ以上の押し問答をしても、恐らく私が諏訪くんに敵うことはない。

現に、必死になっている私に反し、彼は優雅に足を組んでコーヒーを飲んでいる。

「俺、香月の料理が気に入ったんだ。料理だけは外注してないし、自炊も滅多にしないから、香月が作ってくれると助かる。もちろん、香月の無理のない範囲でいいから」

それだけしかさせてもらえないのなら、毎日三食きっちり作ったってちっとも足りない。

いくらなんでも、お礼になる気がしなかった。

「他にできることはない？」

「そうだな……。香月にしてほしいことは、あると言えばある。でも、今はまだそのタイミングじゃないから、本当に気にしなくていいよ」

「タイミング？」

「……まあ、色々とね」

ふっと笑った諏訪くんの表情には、なぜか意味深なものが混じっている気がした。

気のせいだと思うけれど、なんだか悩ましげに見えたのだ。

「じゃあ、できるだけ早く家を見つけて、出ていけるようにするね」

「は……？」

私が決意表明のごとく真剣に告げると、彼が意表を突かれたような顔をした。

なにかまずいことを言っただろうか……と頭の片隅に不安が過り、諏訪くんから視線を逸らしてしまいそうになる。

程なくして、彼が息を吐いた。

「うーん……香月、やっぱりひとつ条件を出してもいい？」

心の内を探るような双眸に、たじろぎそうになる。

ただ、諏訪くんなら無理難題を突きつけるようなことはないと思い直し、小さく頷いた。

「香月が仕事に慣れるまではここにいてくれないか？」

理由がわからない条件に、小首を傾げる。

彼にしてみれば、私が早く出ていった方がいいはずなのに……。

「あの、どうして……？」

戸惑いを浮かべた私に、諏訪くんがにっこりと笑う。

「ほら、俺が仕事を教えるって言っただろ？　まあまずは面接が先だけど、受かれば会社で時間が取れないときとかは家でアドバイスできるし、一緒に住んでる方が香月の様子もよくわかる。仕事に慣れたかとか、つらくないか……とかさ」

そういうものなのかなぁ、と心の中で呟く。

「もちろん、家で仕事をさせようとか思ってないし、ブラック並みに働かせるつもりもないよ。でも、会社では俺がずっと見られるわけじゃないからさ」

微妙に納得し切れなかったけれど、これからお世話になるかもしれない会社の社長であり、私の面倒を見てくれるのは彼だ。

選択肢はひとつしかなく、素直に承諾した。

「ただ、もしそれまでに香月が俺との同居が無理だと思ったら代替案を考えるから、そのときは遠慮なく言って」

きっと、諏訪くんなりに気遣ってくれたんだろう。

けれど、私は彼との同居を無理だと思う自分自身のことを、まったく想像していなかった。

敦子に会うまでは無理だと思っていたし、ありえないと考えていたはずなのに……。いつの間にか、ここで料理をする自分の姿を思い描いていたのだ。

「香月？」

「えっ……？　あ、うん……。わかった」

早くも、諏訪くんの優しさに甘えすぎているのかもしれない。

そう思うと申し訳なくなって、採用されたら一刻も早く仕事を覚えようと意気込んだ。

「あ、でも、諏訪くんはいいの？　恋人とか……」

「今はいないし、そんなこと心配しなくていいよ。しばらくは誰とも付き合う気はないし、香月のせいでどうこうなったりしないから」

またしても、胸がチクリと痛む。

モヤモヤしながらも、なにが私にそうさせているのかがわからなくて戸惑う。

「じゃあ、あの食器は前に付き合ってた人が選んだの？」

きょとんとした彼が、目を瞬かせる。

私は無意識に詮索してしまったことに気づいて、慌てて口を開こうとした。

刹那、諏訪くんが噴き出し、それを隠すように右手で口元を覆うようにした。

明らかに笑いを噛み殺している彼に、身の置き場がなくなる。

「そんなこと気にしてたんだ」

「だ、だって……ペアの食器なんて――」

「うん、引き出物の定番だよな」

にこにこと微笑む諏訪くんが、私をじっと見つめてくる。

次の瞬間、意味を理解した私の頬がボッと音を立てたように熱くなった。

「……っ、そうなんだ！　引き出物だったんだね！」

必死に明るく振る舞っても、どんどん墓穴を掘っていく気がしてならない。

余裕を纏う彼が目を眇め、おかしそうにクスッと笑った。

「同級生はまだ独身が多いけど、仕事の付き合いでは結婚式に行くことが多いんだ。それで、なぜか引き出物がペアの食器ばかりでさ」

バームクーヘンの方がまだありがたいんだけど、と苦笑いした諏訪くんは、ローテーブルに置いていたマグカップを手にした。

「これも先月末に出席した結婚式の引き出物だったな。最初は実家に送ってたんだけど、母から『置く場所がないからもういらない』って言われてからは自分で使うようになったんだ。料理はあんまりしないから、食器にはこだわりもないし」

事実を知った今、恥ずかしくてたまらない。

頬の熱はなかなか冷めなくて、それが余計にいたたまれなかった。

「これで安心した？」

一方で、彼はなぜか嬉しそうに唇の端を吊り上げていて、その表情はなにか言いたげに見えて仕方がない。自意識過剰かもしれないけれど……。

それに、気になってはいたものの、事実がわかって安心したかと言われればそういうことでもない気がする。

ただ、自分でも自分の気持ちがわからなくて、上手く答えられそうになかった。

そんなことも見透かされてしまいそうで、諏訪くんの顔をまともに見られない。

彼がそれ以上はなにも言わずにいてくれたことが、せめてもの救いだった――。

◆　◆　◆　Side Sho

高校の同級生の香月とようやく再会できたのは、先週のこと。

あの頃、密かに彼女に片想いをしていたのに、俺はキスまでしておいて自分の気持ちを伝えることなく高校を卒業し、ずっと後悔していた。

俺たちは、特別仲がよかったわけじゃない。

俺は一年生のときから香月のことを知っていたけれど、きっと彼女は俺のことなんて眼中にもなかっただろう。

可愛らしくどこか儚げな香月は、男から見れば守ってあげたくなるような庇護欲をそそるタイプで、入学した直後から一部の男子たちの注目の的だった。

『香月志乃は男子が苦手らしい』という噂とともに……。

真実を確かめようと香月に近づき、彼女を泣かせたり怯えさせたりした男子がいれば、たちまち話題になった。

震える香月は、男の庇護欲だけではなく征服欲も刺激するらしく、決して本人には言えないような妄想で盛り上がる奴らを何度も目にしたことがある。

そんなとき、俺は決まってバカバカしい……と思っていた。

俺の気持ちが変化したのは、一年生の二学期が終わる頃のこと。

部活の練習で怪我をして保健室に行くと、保健委員の彼女がいたのだ。

男子が苦手だという噂通り、香月は動揺をあらわにしてぎこちない態度を取り、校医がいないことだけを口にした。

俺が怖がらせるつもりはなくても恐怖を感じたのか、彼女の顔はどんどん強張っていく。

なんだか可哀想になって『自分で手当てするから』と告げれば、香月は首を小さく横に振って『私がやります……』と弱々しく言った。

本当に大丈夫か、と思ったのも束の間。手を震わせていた彼女は、俺の予想通り消毒液を落とし、ピンセットでガーゼを掴むこともできない。

けれど、声をかければ余計に怖がらせる気がして、じっと待つことしかできなかった。

なんとか俺と距離を取りつつも作業を進める香月は、いっそいじらしかった。

当時は俺を見て騒ぐ女子たちに辟易していたため、周囲の女子とは全然違う彼女に少しだけ興味を抱いた。

男子が苦手なのに一生懸命手当てをしてくれる姿に好感を持ち、本当はとてもいい子なんだろう……と。

同時に、こういうところが男を惹きつけるんだろうとも感じ、おもしろくないような気持ちにもなった。

手当てを終えた香月は、任務を全うできたことに安堵したのか、わずかに表情を和らげた。

俺もつられたように頬を綻ばせ、『ありがとう』と告げる。

その直後、彼女は嬉しそうに瞳を緩め、柔らかな笑みを浮かべた。

堕ちた——という表現が、きっと一番的確だっただろう。

俺はこのとき、異性として香月を意識したことを自覚し、彼女に恋をしたのだ。

女子なんて、面倒くさい生き物だと思っていた。

恋愛よりもサッカーがしたかった俺にとって、練習の邪魔をしたり試合のたびにピッチの外できゃあきゃあ騒いだりする女子たちは、ストレスの対象でしかなかった。

それなのに、目の前にいる香月だけはまったく違い、彼女に対しては抗うことのできない激しさで〝異性〟を意識させられた。

身体の奥底から熱が込み上げてくる感覚と、身に覚えのある欲望。

男の性《さが》を決して悟られたくないのに、このままなんの接点もなく立ち去りたくない。

『あのさ……』

意を決して口を開いたとき、香月が肩を大きくびくつかせた。

怖がらせたんだ、と気づいて動揺した。

少しでも話してみたかったが、他の男子たちと同じようになりたくない一心で思いとどまり、もう一度お礼を言って保健室から離れた。

抱えたばかりの恋情を持て余し、どうすれば彼女との距離を縮められるのか悩みながら過ごす日々は、とても歯がゆく切なかった。

香月の姿を見れば、触れたくてたまらなくなる。

誰かが彼女を泣かせたと知れば、殴ってやりたい衝動に駆られてしまう。

そうしているうちに香月との距離を縮められないまま三年生になり、幸いにも彼女と同じクラスになった。

千載一遇のチャンスか、神様の采配か。

なんてバカみたいなことを考え、どうすれば香月と仲良くなれるのかということばかり考えていたのに……。事あるごとに男子に怯えている彼女の姿を見ていると、どうにか少しずつ話せるようになったものの、自分の想いを押しつけるようなことはできなかった。

ところが、卒業式の日。

誰もいない教室で、香月とふたりきりになる機会ができた。

このチャンスを逃すまいと強く思ったのは、言うまでもない。

けれど、いざ自分の気持ちを伝えようとすると、上手く言葉が出てこなかった。

他愛のない会話をして、『頑張れよ』と新生活へのエールを送って……。そんな話をしたいわけじゃないのに、肝心なことは言えないまま。

それなのに、彼女の柔らかい笑顔を見た瞬間、衝動的に手首を掴んでいた。

ダメだ、と頭の中の自分が俺を止めようとする。

にもかかわらず、俺は本能に身を任せるように香月を引き寄せてキスをしていた。

直後にハッとしたときには、もう遅かった。

彼女は俺の身体を押したかと思うと、困惑混じりに怯えた目で俺を見ていた。

やばい……と思ったのに、自分で自分の行動に驚いて声が出せない。

これでは他の男子と同じだ。

男子とあまり関わらないようにしていた香月は、俺とだけは友人として話してくれていたのに……。最後の最後で、彼女の信頼を裏切るような真似をしてしまった。

ほんの数秒で様々なことが思考を巡り、後悔と反省の念に苛《さいな》まれる。

本当はただ『好き』と伝えたかっただけで、こんな衝動的にキスをするつもりなんてなかったのに……。

そして、香月は俺から逃げるように教室を飛び出した。

彼女の華奢な背中を一瞬ぼんやりと見送りそうになって、慌てて追いかける。

あと少しで追いつきそうだったのに、運悪く女子の集団に囲まれてしまい、咄嗟に香月の名前を呼んだ。

刹那、振り返った香月と目が合って。けれど、困惑をあらわにして泣きそうな顔になっていた彼女は、一秒も止まることなく駆けていった。

深く深く傷つけてしまった。

香月が好きだっただけなのに、彼女が一番嫌がることをしてしまったも同然である。

大事にしたいと思っていたのに、他の男子と同じか……それ以上にひどいことをしたのだ。

罪悪感と後悔で、心臓が鷲掴みにされたように痛かった。

周囲の声はちっとも聞こえなくて、とにかく追いかけなくてはいけないと思うのに足が動かなくなった。

その後、何年経っても後悔し続けるとも知らずに――。

＊　＊　＊

（香月は覚えてるんだろうか）

ふたりでお互いの夢の話をしたこと、応援し合ったこと。

そして、何度も優しく笑いかけてくれたこと。

俺は香月とのことをたくさん覚えているが、彼女にとっては俺とのそんな思い出すらいいものではなくなってしまっていたかもしれない。

だって、強引にキスをしたのだから。

香月は、もしかしたら泣いていたかもしれない。

当時、何度もそんな想像をしては、自分で自分を許せなかった。

謝りたい、謝ろう、と思わなかったわけじゃない。

連絡先を交換する機会もないままだったが、その気になればツテを使って彼女にたどりつくことはできた。

けれど、香月にしてみれば謝罪なんてされたところで許せないだろう。

俺は、謝ることができれば罪悪感が減り、すっきりするかもしれない。

反して、彼女にとっては俺に傷つけられたことは変わらない。

謝罪をされれば無理にでも許すしかなくなるか、許せないのに〝謝られた〟という事実が残るだけ。

もう顔も見たくないであろう俺が関わることによって、さらに傷つけるだけかもしれない。

どう考えても、謝罪は自分が楽になるためのエゴだ。

だから、俺と会わないでいることが香月にとっての最善だと思った。

どれだけの想いを抱えていてもきっぱりと諦めることが俺が彼女にできる唯一の贖《あがな》いだ……と自分自身に言い聞かせ、最後の思い出とともに恋情を心の奥底にしまった。

そうして月日が流れ、昨年の夏が終わる頃。

取引先から会社に戻るさなか、偶然にも香月を見かけた。

ある美容室の前を通ったとき、店から出てきた彼女の姿が視界に飛び込んできたのだ。

まさか……と、声にならないほど驚いた。

けれど、客らしき女性と談笑しているのは確かに香月だったのだ。

八年以上の月日を重ねた彼女は、高校時代の可愛さと可憐さを残しながらも綺麗で。まるで、恋に堕ちたあのときのように、しばらくは目が離せなかった。

どれだけそうしていたのか。

もしかしたら、数秒のことだったのかもしれない。

一瞬、香月がこちらを見た気がして、慌ててその場から離れた。

胸の奥が締めつけられるのは、過去の罪悪感を消せないままだったせいか。

それとも、あの頃の気持ちを鮮明に思い出したせいか。

どちらも正解だとわかったときには、居ても立っても居られないような気持ちになった。

捕まえたタクシーの中で美容室のホームページを開けば、そこにはスタイリストとして彼女の写真が掲載されていた。

予約欄を見れば、【Shino】と書かれたところはすべて×がついている。

九月どころか十二月上旬頃までほぼ埋まっていて、空いているところは平日の真昼間。

指先が震えていることに気づいたときには、鼓動が激しく脈打っていた。

バカだな、と思った。

何年もの月日が経ってもまだ、こんなにも気になって仕方がない。

恋だとは言い切れないが、限りなくそこに近しい感情だというのは自覚できた。

悩んで、迷って……。やっぱりやめようと何度も思い、また振りだしに戻るように悩んで。

そんな風に半年ほどが経った頃、意を決して予約を入れようと思った。

今さらだが、せめてきちんと香月に謝ろう……と。

ところが、予約欄から彼女の名前が消えていた。

慌てて美容室に電話をかけて『以前いたShinoさんは?』問い合わせると、平岡と名乗った男が『彼女なら今月で辞めることになりましたよ』と答えた。

その瞬間、どうしてもっと早くに行動に移さなかったのか……と心底悔やんだ。

卒業式と同じ後悔を味わった俺は、電話を切るなり川本に連絡を入れた。

ツテを使って香月にたどりつけないか、と考えたのだ。

そうして、どうにか彼女に会う機会に漕ぎつけた。

数か月ぶりに見る香月は、一方的に見ていたときよりもずっと眩しくて。ガラにもなく鼓動が高鳴り、胸が甘く締めつけられた。

彼女は相変わらず異性が苦手なようで、自分からは話しかけようともしない。

俺にも余所余所しく、どこか居心地も悪そうだった。

あまり会話ができない中では、香月があの日のことを覚えているのかすらわからない。

反して、俺は彼女への恋情をまるで当時のことのように思い出していた。

どうにか謝罪する機会を窺っている間に、赤塚から香月が帰ったことを告げられた。

そして、赤塚は『協力してくれ』と言った俺に香月の現状を少しだけ教えてくれると、真っ直ぐに俺を見て『志乃を傷つけないって約束して』と厳しい口調で言った。

赤塚があの日のキスのことを知っているのかはわからないし、一度傷つけてしまった以上はまた傷つける可能性がないとも言い切れない。

『約束する。もう後悔はしたくないんだ』

それでも、彼女にきっぱりと告げれば、『よし、任せた！』と笑顔を返された。

直後、迷うことなく駅に向かって走り出せば、ふたりの男に絡まれている香月を見つけた。

一瞬で頭に血が上って全力でぶん殴ってやりたくなったが、必死に平静を纏って彼女の身体を引き寄せ、男たちを追い払う。

怯えて震え、それでもなお俺に微笑を向ける香月を見た瞬間——堕ちた。

ダメだ、と頭ではわかっている。

けれど、嵐が巻き起こったような感情が押し寄せ、自分ではどうしようもなかった。

彼女を思いやるふりをしながら、思考を巡るのは狡猾なことばかり。

しかも、冷静さを欠いて、香月に『うちで採用する』と言いそうになった。

職権乱用するところだったのをどうにかとどまれたのは、自身の会社での立場を鑑《かんが》みたことと、高校時代のような失敗を繰り返したくないと思ったからだ。

とはいえ、彼女を言い包めるようにしてしまったのだから大概だろう。


翌日には香月を家に呼び、体のいい言い訳で彼女を家に住まわせることに成功した。

あの日、香月を送り出したときの俺を見る赤塚の目が意味深だったのは、たぶん気のせいじゃない。

一方、俺は真っ先に謝罪をするつもりだったはずなのに、まだ過去に踏み込めずにいる。

香月が覚えていなさそうというのもあるが、なによりも気まずくなってしまえば彼女はすぐにでもうちから出て行きそうだったから。

もちろん、俺に香月を縛る権利はない。

ただ、彼女は家も仕事もない状態で。その上、飲み会の日に男たちに絡まれていたときのことを思い出す限り、高校時代よりもずっと異性が苦手になってしまったように見える。

その理由は、以前にいた美容室での上司からのセクハラとパワハラなのは明白だ。

いずれにせよ、俺も過去に失敗しているのだから、慎重に事を進めるべきだろう。

また下手なことをして香月を傷つけるのも、消えない後悔と罪悪感を抱え続けるのも、もう懲り懲りだ。

せめて、彼女を傷つけないでいたい。

だからこそ、再会を機に想いが再び膨れ上がった……なんて、香月に言えるはずがない。

俺ができる限りのツテを使って香月と再会できるように仕向け、彼女の現状を知って同居を言い出した——なんて、今は口が裂けても言えない。

相変わらず清らかで可愛い香月は、やっぱりどこか儚げで守りたいと思わせる。

彼女自身にその自覚がないのは悩ましいが、どうにか同居にまで持ち込めたから、あとはじっくり手に入れる方法を考えていけばいい。

どのみち長期戦になることは、香月の態度を見れば明らかだ。

彼女の男性恐怖症とも向き合っていかなければいけない。

香月は詳細こそ話さなかったものの、美容師時代には随分とひどいセクハラとパワハラを受けてきたんだろう。

件《くだん》の元上司は、俺の想像以上に彼女を苦しめて追いつめたに違いない。

香月を傷つけた男は、この世から存在を抹消したいほどに許せない。

見つけ出して制裁を与えたいが、なによりも今は彼女とのことだ。

この一週間の香月の言動を観察した限りでは、俺には嫌悪感や恐怖心は抱いていないようだし、ぎこちないときもあるものの普通に会話はできる。

それに、引き出物の食器を見て俺の恋愛事情を訊いてきたときの態度も考えれば、彼女にとって俺はまったくの対象外……というわけでもないだろう。

一緒に食事を摂っているのもいいのか、少しずつではあるが確実に距離は縮まっている。

香月がうちの会社で働くようになれば、一緒に過ごす時間はもっと増えるし、話すきっかけもさらにできる。

遠慮してばかりの彼女だって、仕事では自ら俺を頼るしかない。

もちろん真面目に教えるが、そういう機会があれば充分だ。

そうしてプライベートでは甘やかして、大切にして、じわじわと俺のことを意識させるようにしていけばいい。

香月は一日でも早く出ていくつもりだろう。

けれど、彼女を引き止める口実くらい、今の俺ならいくらでも作れる。

夕食の支度をする香月の姿を見つめながら俺がそんなことを考えているなんて、彼女はきっと想像もしていないに違いない。

我ながら卑怯だと自覚しつつも、俺はひとりそっとほくそ笑んだ――。

四章　ぬるま湯に浸かりすぎないように

六月最後の日曜日。

午前中は家で仕事をしていた諏訪くんに誘われ、ランチに行くことになった。

昨夜、正式に彼がＣＥＯを務める『株式会社ＳＵ ＩＮＮＯＶＡＴＩＯＮ《エスユーイノベーション》』で採用してもらえることが決まったため、お祝いを兼ねて……と。

はっきり言って、コネ入社も同然。

諏訪くんは『ダメだと思ったらいくら知り合いでも採用できない』と言っていたけれど、面接でも特に難しいことは訊かれなかった。

しいて言うなら、彼が話すことはほとんどなく、副社長が進めていたけれど。

いずれにせよ、諏訪くんがいなければこんなにトントン拍子で仕事は決まらなかったし、私はお祝いをしてもらうよりもお礼をしなければいけない立場だ。

歩いて行ける距離にある彼のおすすめのカフェレストランはスタイリッシュな雰囲気で、店内に設置された二十席ほどのテーブルとは別にテラス席もある。

メニューも豊富で、日替わりや週替わりのラインナップは特に人気なんだとか。

「おすすめはハンバーグと窯焼きピザかな。ピザはどれもうまいけど、俺のイチオシはマルゲリータ。定番だからこそ、味の差が出るっていうか」

「食べてみたい。私、ピザはマルゲリータが一番好きなの」

「俺もなんだ。川本には定番すぎるって言われるんだけどさ」

諏訪くんとの共通点が、私を笑顔にする。

ドリンクを決めたあと、彼は前菜の盛り合わせとマルゲリータを注文してくれた。

諏訪くんと一緒に住むようになって、今日でちょうど一週間。

最初は不安もあったけれど、今のところ毎日がとても快適だ。

平日は彼が仕事に行っている間に買い出しや食事の支度をし、朝食と夕食は一緒に摂る。

日中は手持ち無沙汰ではあるものの、おかげで部屋の片付けは早々に済んだし、周辺の散策もゆっくりできた。

諏訪くんはとても気遣ってくれ、毎日それなりに会話もある。

決して無理強いや独りよがりなことはしない彼のおかげで、少しずつ仲が深まっていっていると思う。

あんなに戸惑って不安もあったのに、不思議とそんな気持ちは和らいでいき、今では諏訪くんと話せることが楽しみだった。

もっとも、彼に迷惑をかけ続けるわけにはいかないため、一刻も早く引っ越し先を探さなければいけないのだけれど……。仕事に慣れるまでは一緒に住むという約束をしたから、すぐに家を探すこともできない。

目星くらいはつけておくつもりではあるものの、諏訪くんの言う『仕事に慣れるまで』がどの程度かわからない以上、あまり早くから動くのも憚《はばか》られている。

そんなことを考えていると、ピザが運ばれてきた。

焼きたて特有の香ばしさとトマトの酸味が混じった匂いが、空腹中枢を刺激する。

ふたりで「いただきます」と声を揃え、お腹が鳴る前にピザを頬張った。

もっちりとした生地にオリジナルのピザソースとバジル、新鮮なトマトとたっぷりのチーズが絶妙に絡み合い、あまりのおいしさに感嘆の声が漏れた。

「おいしい……！　なにこれ!?　今まで食べたマルゲリータの中で一番かも！」

目を丸くする私に、諏訪くんが得意げに笑う。

「だろ？　ここのマルゲリータ、本当にうまいんだよ。ときどきテイクアウトもするんだけど、やっぱり店内で焼き立てを食べるのが最高なんだよな」

嬉しそうな彼に、相槌を打つ。

もう一口かじりつくと、柔らかな笑みを向けられた。

「香月も気に入ってくれて嬉しいよ」

「素敵なお店を教えてくれてありがとう。またすぐにでも食べに来たいくらいだよ」

「うちからなら近いし、いつでも来られるよ」

「うん、歩いて五分くらいだったもんね。今度は敦子を誘って来ようかな」

きっと、敦子も気に入るだろう。そう確信して近いうちに彼女を誘おうと思っていると、諏訪くんが困ったように眉を下げた。

そんな顔をされた理由がわからなくて、アイスレモンティーを飲んでから小首を傾げる。

「どうかした？」

「さっきのは香月を誘ったんだけど」

「え？」

「もちろん赤塚とも来ればいいけど、俺とまた一緒に来ようって意味だったんだよ」

頬杖をついて見つめてくる彼のストレートな物言いに、うっかりたじろいでしまう。

他意はないとわかっている。

ただの同居人への配慮に違いない。

そう思いつつも、諏訪くんの真っ直ぐな視線を深読みしそうになった。

「うん、そうだね。また休みの日に来られたらいいな」

平静を装って頷けば、彼が瞳を緩めた。

友人とご飯を食べに行こう、というだけのこと。

それなのに、諏訪くんが妙に嬉しそうに見えてしまうのは、私が男性に慣れていないせいだろうか。

慣れていないどころか、彼以外の男性は苦手だけれど。

「そういえば、うちでの生活は慣れた？」

「うん。諏訪くんのおかげですごく快適だよ」

素敵なマンションには相変わらず気後れしているものの、洗練されたシステムキッチンで料理をするのは楽しいし、広いバスルームはリラックスできる。

バルコニーで飲むコーヒーはおいしく、家財付きの部屋には不満なんて出てこない。

ホテル暮らしのような生活は快適すぎるくらいで、レビューをつける機会があるのなら星が十個でも足りないくらいだ。

「それならよかった。もし不安とか不満があれば、遠慮なく言って」

「そんな……。諏訪くんは私のことをすごく考えてくれてるから不満なんてないし、逆に申し訳ないくらいだよ。むしろ、諏訪くんこそ本当にいいの？」

諏訪くんは私のことを気遣ってくれるけれど、私は居候に過ぎない。

ルームシェアならともかく、家賃も入れていないのだから……。

こんなに気を使ってもらえることに感謝している反面、彼こそ本当に私と一緒に住んでいて大丈夫なのかと心配だった。

「前にも言ったけど、無理ならこんな提案はしないから。香月がご飯を作ってくれるおかげで、俺もすごく快適だしね」

「ご飯くらい……」

諏訪くんにしてもらっていることに比べれば、私がしていることなんて微々たるものだ。

料理が好きな私にとって、食事の支度は苦じゃない。

ふたり分を用意する方が作り甲斐があり、おしゃれなキッチンを使えることだって嬉しく、料理がもっと楽しくなった。

だからこそ、余計に申し訳ないのだ。

「わかってないな、香月。手料理が食べられるって、俺からすればすごくありがたいし、嬉しいことなんだよ。香月の料理はお世辞抜きでうまいしね」

さらりと褒められて、面映ゆいような気持ちになる。

「だいたい、自炊はほとんどしない男の一人暮らしの食生活なんて、結構ひどいものなんだからな。毎日、コンビニかカップラーメンか、たまにテイクアウトだし」

「外で食べないの？」

「付き合いで行くことはあっても、ひとりで外食しようってあんまり思わないんだ。それなら家でゆっくりしたいかな」

この一週間、彼は忙しそうだった。

帰宅時間はそこまで遅くないけれど、食事やお風呂を済ませたあとにも仕事をしていたし、土日も数時間は書斎にこもっている。

そんな仕事中心の生活では、食事にまで気が回らないのかもしれない。

「だから、香月がいてくれてすごく助かってる。俺にもメリットがあるっていうかさ」

それもきっと、諏訪くんの本音に違いない。

けれど、彼はそれ以上に私を思いやってくれているんだろう。

ただの同級生にここまでしてくれる諏訪くんは、本当に優しい人だ。

昔から変わらない性格に、思わず笑みが零れた。

「ありがとう。諏訪くんって、本当に優しくていい人だね」

「そうでもないけどね」

眉を小さく寄せて微笑みながら肩を竦めた彼に、ふふっと笑ってしまう。

「そんなことないよ。諏訪くんがいい人じゃないなら、いい人なんていないんじゃないかな」

「本当にわかってないな」

「え？」

「いや、こっちの話。香月は変わらないなと思ってさ」

独りごちた諏訪くんが、瞳をたわませる。

「えっ？　私って学生時代から成長してないかな？」

「そういう意味じゃない。全然すれてないってことだよ」

「そんなことないと思うけど……」

彼の目には、どんな風に私が映っているのだろう。

少なくとも、私は高校生の頃のように真っ直ぐじゃなくなったし、美容師だったときは嫌なこともたくさん考えた。

口にできなかっただけで、平岡さんへの恨《うら》み辛《つら》みでいっぱいだったこともある。

すれていない、なんてことは断じてない。

けれど、諏訪くんがそう思ってくれているのなら、せめて彼の中だけでも綺麗なままでいさせてほしい。

おこがましくも、そんなことを願ってしまった。

「香月」

不意に優しい声音で呼ばれて諏訪くんに視線を戻すと、柔和な双眸とぶつかった。

「仕事はゆっくり覚えて。あんまり急がなくていいから」

「でも、それだといつまでも出ていけなくなるし……」

「いいんだ」

きっぱりと言い切る彼は、本当に優しい。

優しすぎて困るくらいだ。

あまり甘えてはいけないと思うのに、焦らなくていいんだと思わせてくれることがありがたくて嬉しくて、諏訪くんを見つめて「ありがとう」と笑みを返す。

彼は困ったようにも見えたけれど、柔らかい笑顔で首を横に振った。

＊　＊　＊

その数日後。

今日から七月に入り、私はエスユーイノベーションの社員としての初日を迎えた。

「香月志乃です。ご迷惑をおかけするかと思いますが、よろしくお願いいたします」

彼の紹介とはいえ、今までとはまったく違う職種になるため、昨夜から緊張していた。

「改めまして、副社長の鵜崎《うざき》です。わからないことがあれば、なんでも訊いてね」

けれど、温かく迎え入れてくれた鵜崎副社長を始め、他の人たちも歓迎してくれた。

エスユーイノベーションは港区にある十階建てのビルの三階にオフィスを構え、二十人ほどの社員と数人のアルバイトが在籍している。

私が入ったことで、男女比率はちょうど半々になるのだとか。

男性ばかりに囲まれるような環境じゃないことに、まずは胸を撫で下ろした。

「香月さんには、木野《きの》さんがついてくれることになってるから。まずは木野さんから指示をもらって仕事の流れを覚えて」

諏訪くんに〝香月さん〟と呼ばれるのは、なんだかむずがゆい。

「木野です、よろしくね。わからないことがあればなんでも訊いて」

差し出された木野さんの右手に、右手で応える。

握手をしながら「よろしくお願いします」と頭を下げれば、彼女はショートカットの髪を耳にかけて微笑んだ。

約束通り、女性を指導係にしてくれたのはありがたい。

その反面、てっきり彼が中心になって仕事を教えてくれるのかと思っていたから、少しだけ心細かった。

「まずは社内を案内するね。って言っても、迷うような場所もないんだけど」

木野さんは冗談めかしたあと、丁寧に説明しながら社内を案内してくれた。

エスユーイノベーションが借りている三階フロアには、大小様々な部屋が六室あった。

重役室、応接室、ミーティングルーム、休憩室、資料室兼備品倉庫。そして、一番大きな部屋に全社員のデスクが配置されていた。

「重役室は社長と副社長、秘書の篠原《しのはら》レイラさんの三人で使ってるの。あ、篠原さんは副社長の隣にいた美人ね」

まだ全員の顔は把握できていないけれど、鵜崎副社長の隣にひときわ目立つ女性が立っていたのを覚えている。

くっきりとした二重瞼のアーモンドアイが印象強く、エキゾチックな顔立ちだった。艶やかな栗色の髪は綺麗に纏められ、スーツ姿からは色気が滲み出ていた。

端整な諏訪くんに負けず劣らず美形の副社長と並んでも引けを取らない容姿だったし、三人が並んでいるところはある種の迫力がある。

「篠原さん、ハーフなんですって。年齢は二十九だったかな？　うちは社長と副社長が起ち上げたんだけど、ふたりの次に古株なのが彼女なのよ」

「そうなんですね。じゃあ、篠原さんもＳＥの経験があるんですか？」

エスユーイノベーションは、アプリ開発がメインの会社だと聞いている。

社員が増えた今は、企業のシステム管理やホームページの作成なども請け負っているようだけれど、社員の大半がシステムエンジニアなんだとか。

「ううん、篠原さんは最初から事務や雑務メインで採用されたみたいだし、ＳＥの業務には関わってないよ。篠原さんが正式に秘書になったのは社員が増えた三年目くらいだったって聞いてるけど、必要に迫られて自然とそうなったみたい」

「そうなんですね」

「でも、私がうちに入ったのは二年前だから詳しいことは知らないのよね」

諏訪くんが同じ大学出身の副社長と起業したのは在学中だったことは、数日前に教えてもらった。

ふたりで作ったアプリがヒットし、以来ずっとアプリ開発に関わっていると言っていた。

篠原さんがどんな風に採用されたのかはわからないけれど、私が知らない社会人になってからの彼を知っているのは少しだけ羨ましい。

「基本的に三人は重役室にいるけど、ときどき私たちのいるフロアでも仕事をするから、ふたりのデスクはこっちにもあるの。篠原さんだけはいつも重役室にいるけどね」

窓際に配置されているふたつのデスクだけ、他のものよりも大きくて重厚感がある。

「あ、噂をすれば社長だ。今日はこっちで仕事するのかな」

木野さんの視線を追えば、タブレットを片手にした諏訪くんがこちらにやってくるところだった。

少し離れた場所から私たちに気づいた彼が、笑みを浮かべる。

なにか言いたげだった気がしたけれど、諏訪くんはすぐに目を逸らした。

その後も、彼女は丁寧に仕事を教えてくれ、パソコンに不慣れな私に嫌な顔をすることもなかった。

おかげで、些細なことでも質問しやすく、疑問はすぐに解決できた。

まだわからないことばかりで不安はあるものの、なんとかやっていけそうだ。

諏訪くんはずっとパソコンに向かっていたけれど、ときおり私を気にかけてくれるような視線を感じたし、彼が傍にいると思うと心強かった。

しかも、仕事をしているときの諏訪くんは、いつにも増してかっこいい。

初恋の人のそんな姿に、胸がわずかに高鳴った。

もちろん、浮かれている場合じゃないとすぐさま自身を律したものの、高校生のときとは違う彼の表情を間近で見られるのは嬉しかった。

「今日は初日だし、うちの雰囲気とだいたいの流れだけ体感しておいて。明日からは本格的に仕事を教えていくから、しっかり頑張ってね」

昼休憩に自分のことを話してくれた木野さんは、私よりも三歳上らしい。

結婚を機に旦那さんの仕事の都合で上京し、正社員で募集していたエスユーイノベーションを受けたのだという。

気さくな彼女はとても接しやすく、肩の力を抜くことができた。

午後からは電話応対のやり方や、取引先の名前に目を通した。

社員が少ない分、取引先については全社員が把握しておくようにしているのだとか。

初日だから気疲れも大きかった反面、久しぶりに働いているという実感を持てるのが嬉しくて、なによりも肩身が狭い気分でいた日々から解放されたことにもホッとした——。


十八時に上がらせてもらった私は、帰宅してすぐに夕食の支度に取りかかった。

今日は定時で退社できたけれど、忙しいときにはもっと遅くなるだろうし、作り置きをしておくことも視野に入れよう。

なんて考えつつ夕食を完成させた頃、リビングのドアが開いた。

「ただいま」

「おかえりなさい。ご飯できたところだよ」

今夜は肉じゃがをメインに、副菜にはほうれん草の白和えとだし巻き卵、汁物は大根の味噌汁といった和風メニューだ。ロメインレタスを使ったサラダもある。

「肉じゃがだ。今日は和食の気分だったから嬉しいよ」

頬を綻ばせる彼を見て、和食にしてよかったと思う。

夕食を食べ始めると、諏訪くんは相変わらず大袈裟なくらい褒めてくれた。

「ところで初日はどうだった？」

「今日は流れを見せてもらっただけだし、まだなんとも言えないけど、木野さんが丁寧に教えてくれるから大丈夫だと思う。緊張もすぐに解《ほぐ》れたし」

「よかった。うちの社員はみんな信頼できる人ばかりだけど、香月の言葉を聞いて安心した」

「心配してくれてありがとう」

「いや、それより社内の案内もできなくてごめん」

眉を下げた彼が、お箸を置いて息を吐いた。

「本当は俺がするつもりだったんだけど、タケと篠原に反対されたんだ。あ、タケって鵜崎のことなんだけど、あいつの名前は武則《たけのり》っていうんだ」

諏訪くんの呼び方からして、ふたりは友人としても親密なんだろうと感じる。

「俺が案内しようとしたら、タケに『あからさまに目をかけるのはよくないし、他の社員と同じように指導するだけにした方がいい』って止められた。まあ一理あるなと思ってさ」

相槌を打ちつつ、確かにそうだと思う。

諏訪くんは社長で、私は彼の紹介で入社した。

それ自体は隠すことはないと言われているし、現に鵜崎副社長と篠原さんには事前に事情を伝えたとも聞いている。

とはいえ、社長自ら指導するような業務でもないのに諏訪くんに指導係のようなことをしてもらうと、あまりいい印象は持たれない場合もあるだろう。

「ふたりには同居の件も伝えてあるし、公私混同しないようにってことでもあるんだと思う。俺、香月にマンツーマンで教えるくらいの気持ちでいたけど、反省したよ」

「おふたりの言うことはもっともだよ。諏訪くんはなにも悪くないし、私が諏訪くんに頼りすぎてるんだよね……。せめて公私混同しないように気をつけるね」

「俺としてはもっと甘えてほしいくらいなんだけどな」

きょとんとすると、彼は「こっちの話だ」と眉を下げて笑った。

「当初の予定と変わって悪いけど、木野さんは仕事ができるから親身に教えてくれると思う。でも、俺も香月の力になりたいし、困ったことがあればなんでも相談して」

諏訪くんのこういうストレートなところがすごいな、と思う。

彼自身は友達思いなだけなんだろうけれど、掛け値なしに手を差し伸べるなんてなかなかできない。

けれど、だからこそ諏訪くんに甘えすぎないように気をつける必要がある。

彼にこれ以上の迷惑をかけたくないのはもちろん、今でもぬるま湯に浸かるような生活をさせてもらっているのに、このままだとどんどん甘えてしまいそうだから……。

「とりあえず、今月は忙しさもマシだろうから、あんまり肩肘張らずに仕事を覚えていって。木野さんに質問しにくいことは俺に訊いてくれて構わないし、俺の目が届く範囲では男性社員はできるだけ近づけないようにするから」

「ううん、そこまでしてもらうわけにはいかないよ。確かに男の人は苦手だけど、だからって男性全員がおかしなことをするわけじゃないし、諏訪くんみたいに優しい人もいるってわかってるから。それに、ずっと諏訪くんを頼ってばかりでいるわけにもいかないし……」

諏訪くんの態度は、友人を通り越して家族のようだ。

とても心配してくれ、気にかけてくれる優しさには感謝しつつも、男性が苦手だからという理由で彼に守ってもらうばかりでいるわけにはいかない。

いつになるかはわからないけれど、いずれは美容師に戻りたい気持ちもある。

そうなれば、諏訪くんがいない場所で頑張らなければいけない。

すぐに助けてくれる彼に甘え続けていると、ひとりで立てなくなってしまう気がした。

(でも、諏訪くんがいない場所って考えると……)

確かめるように心の中で呟きながら、胸の奥底に芽生えた小さな違和感が気のせいじゃないことを確信する。

上手く言葉にできないけれど、不安や恐怖心とは違う感情が燻ぶるようで、モヤモヤとしたものが渦巻いていく。

「そんな寂しいこと言うなよ」

ふと気づけば、私を見ている諏訪くんが神妙な面持ちになっていた。

その表情をどう捉えていいのかわからずにいると、彼は小さく笑って立ち上がった。

「ごちそうさま。俺、ちょっと仕事するから先に風呂使っていいよ」

「あ、うん……。ありがとう」

諏訪くんが話を掘り下げる気がないのは明白で、素直に頷くことしかできない。

彼は普段通りの笑顔を残し、自室にこもってしまった。

五章　花は折りたし梢は高し……でもないかも？

諏訪くんの会社で働くようになってから、半月が過ぎた。

これまでは、学生時代のレポートや美容師時代にお客様のカルテを作成する程度だった私のパソコンスキルは、言うまでもなく素人同然だ。

エクセルの計算式も使えないため、ちょっとしたことでつまずいてばかりいる。

「そうそう、ここにあるファイルに保存して……こっちも同じように共有ファイルに入れておくものだから、さっき教えたものと間違えないようにね」

けれど、木野さんはいつも丁寧に説明してくれる。

しかも、私がメモを取れるようにゆっくり教えてくれるおかげで、なんとか少しずつパソコンにも慣れ始めていた。

「こういうメールはどうすればいいんですか？」

「商品の売り込みとか営業メールは副社長がチェックしてくれるから、このボックスに振り分けておいて。ひとまず副社長に回すから」

毎日覚えることばかりで大変だけれど、疑問を尋ねやすいからか今のところつらいこともなく、仕事自体は楽しい。

迷惑をかけてばかりなのは心苦しいものの、彼女以外の社員も優しくて話しやすかった。

「香月さん、ちょっとミーティングルームに来てください」

ただし、篠原さん以外は……。

木野さんは笑顔で送り出してくれたけれど、近寄りがたい雰囲気がある篠原さんと話すのはとても緊張するから微妙に不安だった。

「あ、はい……！」

篠原さんとは、まだ数回しか会話をしたことがない。

内容は業務に関することばかりで、彼女はいつも淡々としているため、質問もしづらい。

篠原さん自身、社員とはあまり親しく関わる人じゃないようで、諏訪くんがひとりで外出しているときには重役室から一切出てこないこともあった。

この半月で社員全員と会話はしたけれど、男性社員と接するときも緊張はするものの、彼女と話すときが一番身構えてしまうかもしれない。

「こちらが正式な社員証と保険証です」

ミーティングルームに入るや否や、篠原さんが社員証と保険証を私に見せた。

「あ、はい。ありがとうございます」

首からかけている仮の社員証を外す。

それを差し出せば、彼女は「確かに受け取りました」と言い、真新しい社員証と交換した。

「社員証の裏に記載してあるＩＤは、今後あなたが重要書類などを確認する際やパソコンを起ち上げるときに必要になります」

「わかりました」

「承知しました、です」

「す、すみません……！」

「うちは従業員が少ない分、役職も担当も関係なく全員が来客の対応をします。言葉遣いには気をつけてください」

「はい……。すみません」

「謝罪は『申し訳ありません』です」

厳しい表情を前にたじろぐと、篠原さんがため息をついた。

「以前は接客業に従事していたのでしょう。即戦力になるとは思っていませんが、せめて言葉遣いくらいはご自身でどうにかしてください」

注意されているだけなのはわかっている。

ただ、美容師時代のことが脳裏に過って、まるで脊髄反射のように委縮してしまう。

「それから、諏訪社長はとてもお忙しい方です。たとえあなたが諏訪社長のご友人であっても、社長の手を煩わせることだけはないようにしてください」

彼女の冷ややかな視線が、私を歓迎していないことを語っている。

コネ入社をさせてもらった私が気に入らないのだと、すぐにわかった。

「話は以上です。業務に戻ってください」

「承知しました」

頭を下げ、「失礼します」と言い置いてミーティングルームを後にする。

廊下に出ると、自然と息を深く吐いてしまっていた。

篠原さんはとても有能で、スケジュール管理の一切を彼女に任せていると、諏訪くんからは聞いている。

諏訪くんがアプリ開発などに集中できるよう、鵜崎副社長が取引先との関係を構築する一方で、篠原さんは社員には預けづらい業務を請け負っているのだとか。

三人には他の社員とはまた違った絆があることは、ここでたった半月しか働いていない私の目にも明白で、諏訪くんに頼られている彼女が羨ましいとも思う。

私は頼ってもらうどころか彼を頼るばかりで、料理以外はなにもできていないのに……。

（……こんなこと考えてても仕方ないよね。私は仕事を覚えるのが最優先だし、頑張るしかないんだから！）

ただでさえ、私にはなにもない。

持たざる者は、少しでも早く周囲に追いつけるように努力するしかないのだ。

「あ、おかえり。篠原さん、なにか言ってた？」

明るい笑顔を見せた木野さんに、首からかけている社員証を見せる。

「新しい社員証と保険証をもらっただけです」

「じゃあ、ＩＤを登録してログインしようか。とりあえず個人ＩＤで処理できる仕事を教えていくけど、わからなければ何度でも説明するからね」

彼女はいつも通り優しくて、さきほどの緊迫感とは反する雰囲気にホッとした。

＊＊＊

七月が終わる頃、ようやく仕事にも慣れてきた。

まだ戦力とは言えないものの、少しずつ覚えたことを業務に活かせるようになっている。

最初は疲労感に襲われていたけれど、最近は体力的にも前ほどつらくはない。

もっとも、美容師時代よりもずっと勤務時間は短く、休憩だって毎日必ず決まった時間に取れるし、人間関係も思っていたよりもなんとかなっている。

という状況を見れば、生活環境がグッとよくなっているのが大きな理由に違いないけれど。

それもこれも、すべて諏訪くんのおかげだ。

とはいえ、今の生活を続けていれば、私は本当にダメ人間になりそうで不安で仕方がない。

そう思う反面、彼と過ごす時間はいつも穏やかで楽しくて、ついもう少し……なんて願ってしまうこともあった。

「香月、危ないよ」

ぼんやりとしていた私は、左腕を掴まれて足を止める。

「信号、赤だから」

「あっ、ごめんね……」

数歩先の横断歩道の信号は、まだ青になっていなかった。

「さっきから何度もボーッとしてるけど、考え事？　悩みがあるなら相談に乗るよ」

「ううん、そうじゃなくて……」

諏訪くんとのことを考えて心ここにあらずだった……なんて、目の前の彼には言いづらくて笑顔でごまかす。

直後、諏訪くんがハッとしたように私の腕から手を離した。

「ごめん、つい……」

平気だと言うように、咄嗟に首をぶんぶんと横に振る。

申し訳なさそうにしていた彼は、わずかに安堵を浮かべて微笑んだ。

信号が変わり、諏訪くんに目配せをされて歩き出す。

横断歩道を渡り終えると、彼は通行人の邪魔にならないように道の端で立ち止まった。

「あのさ、香月」

神妙な雰囲気になった諏訪くんは、私をじっと見つめている。

「あ、なにか買い忘れちゃった？」

土曜日の夕食後、アイスを求めて近所のコンビニに繰り出した帰り道。

そんな自分たちの状況から予想できた疑問を呈せば、彼が小さく笑ってかぶりを振った。

「答えたくなかったら、言わなくていいんだけど……。さっきみたいに俺が腕を掴んだりするのは平気なのか？」

そういえば、と思う。

まだ男性社員と接するのは緊張するし、不意に身体が近づいたときには身構えてしまう。

一方で、家で過ごしているときに諏訪くんと手が触れたり身体がぶつかったりしても、意外にも身が強張るようなことはない。

彼との距離が近いことにドキドキしていても、不快感や嫌悪感といった意味で動悸がすることも不安を感じたこともなかった。

「そう、かも……。考えてみると不思議だけど、平気なのは諏訪くんだけなんだよね」

「香月、それって――」

「やっぱり、諏訪くんのことはすごく信頼してるからかな。お世話になりっ放しで申し訳ないけど、昔も今もすごく親切にしてくれるし、感謝しかないよ」

にこにこと笑う私に、彼が唇を引き攣らせそうな顔でため息をついた。

「あっ、ごめんね！　こんなこと言われても呆れちゃうよね……」

「いや、別に呆れはしないけど……」

諏訪くんの表情は複雑そうだ。

呆れていなくても、それに近い感情を抱いたのは間違いないだろう。

快適な暮らしに慣れ、すっかり緊張も和らいでいる今の私は、きっと自分で思うよりもずっと彼に対して図々しくなっているのかもしれない。

だから、きっとこんな顔をさせてしまったのだ。

「なぁ、香月。家まで手を繋いで帰らないか？」

自身の不甲斐なさにため息をつきかけたとき、突拍子もない提案をされて目を剥いた。

一瞬、聞き間違いかと思ったほどだ。

その内容に戸惑い、理由を訊いていいのかわからなくて口を開けない。

けれど、諏訪くんの双眸は真剣で、決して冗談じゃないことだけは伝わってきた。

「えっと……」

「ああ、言い方が悪かったな。香月が俺に触れられるのが平気なら、スキンシップを増やしていけば異性に対する恐怖心が少しでも和らぐんじゃないかなと思ったんだ」

他意はないよ、と微笑まれて、反射で同意するように二度頷く。

諏訪くんを相手に疑念はない。

ただの友人というだけで、仕事と住居のお世話をしてくれ、日々気遣ってくれる。

そんな彼だからこそ、私には疑う方が難しい。

「諏訪くんのことだから、私を心配してくれてるんだよね？　それはちゃんとわかるよ。でも、手を繋ぐって……」

「怖い？　それとも、俺と手を繋ぐのが嫌？」

黙り込んで考え、嫌じゃない……と思う。

「ううん」

すぐに答えれば、諏訪くんが瞳を優しく緩めた。

「じゃあ、ちょっとだけ触れてみようか」

「ちょっとって……？」

「そうだな……。小指だけならどう？」

自分の顔の前に右の手のひらを持ってきて、小指を見つめる。

一番細い指なら、触れる面積も少ない。それがわかると、これくらいなら……と思えた。

「うん、それならたぶん……」

続ける予定だった『大丈夫』は声にできなかったけれど、彼は察したようだ。

「まずは軽く絡めるだけだから」

諏訪くんが、左手の小指だけを出してくる。

緊張のせいで静止した私に、彼は「香月のタイミングでいいよ」と穏やかに告げた。

ただ、そこに甘えてしまうと時間がかかりそうで……。えいっ！　と言わんばかりの勢いで、

右手の小指で骨張った小指を捕まえにいった。

刹那、目を丸くした諏訪くんが数瞬して眉を下げた。

なにかまずかったかな……と不安を抱いた私に、なんとも言えない微笑が向けられる。

「あ、あの……諏訪くん？」

「ああ、ごめん。行こうか。無理そうになったら、我慢しないですぐに教えて」

小さな子に教えるような口調からは、いつもの彼らしい思いやりが感じ取れた。

さきほどの表情の意味を尋ねる間もなく、諏訪くんに合わせて一歩ずつ足を進める。

軽い力で繋がっているだけの小指に触れるのは、自分のものとは違う体温と節くれだった感触。太さも硬さも、女性の指とは全然違う。

それは初めて感じるもので、どうすればいいのかわからない。

ドキドキ、ソワソワ……。

そんな感覚を、緊張でいっぱいの心が処理できずに持て余してしまう。

鼓動がうるさいのは、きっと初めてきちんと知った男性の体温と感触に戸惑っているから。

これまで異性から不条理に触れられることはあっても、仕事以外で自ら触れたことはない。

勝手に触られるときはいつも恐怖心が強くて、こんな感覚をゆっくりと反芻する暇なんてなかった。

ところが、今は違う。

諏訪くんという男性の体温や肌を、直に感じている。

彼の身体の一部に触れている小指から、まるで血液が煮えるように肌が熱くなっていく。

徒歩二分ほどの距離しかない帰路が長く思えるほどにドキドキして、それなのに不安も嫌悪感も芽生えてこない。

なにもかもが初めてで、なにもかもに戸惑っていた――。

「まずは指先からいってみようか」

私たちはソファに並んで座り、向かい合っている。

諏訪くんと私の間には、いつものような距離はない。

あるのは、私の緊張だけ。

差し出された彼の左手を前に、息を大きく吐く。

コンビニから帰宅後、交代でお風呂を済ませたのが約三十分前のこと。

それから、ふたりで仲良くアイスを食べた。

百円程度のアイスを選んだ私より、諏訪くんが手にしたのはもっと安価なもの。

ソーダ味や梨味が人気の棒付きアイスは、誰もが知っているロングセラー商品だ。

大人の男性として洗練された社長には、驚くほど似合わない。

ただ、『高校のとき、夏の部活帰りによく買い食いしたんだ』と笑った彼には似合っていた。

同じ人なのに変な感じだけれど、そんな風に思うのだ。

もっと言えば、会社にいるときの諏訪くんは手の届かない遠い人なのに、家にいるときの彼はあの頃の空気を思い出させるせいか壁を感じない。

ぼんやりとそんなことを考えていた私がバニラアイスを食べ終えたとき、諏訪くんが思いついたように言ったのだ。

さっきの続きをしてみないか、と——。

その提案に目を真ん丸にした私だったけれど、要するに彼は私のリハビリに付き合ってくれるつもりなんだろう。

最初はもちろん、色々な思考が駆け巡って躊躇した。

一方で、マンションの前に着くまで小指を繋げた今の勢いなら、もう少しくらい頑張れそうな気がした。

なによりも、相手が諏訪くんなら他の異性よりもずっと安心感はある。

だから、ドキドキしていたのは緊張のせいだと結論付けたばかりだったのもあり、彼に頷いてみせたのだ。

「じゃあ……失礼します……」

右手の人差し指で、大きな手のひらにちょんちょん……と触れてみる。

これは驚くほど平気で、すぐに指で肌を撫でるようにしてみた。

「……香月、それはちょっとくすぐったい」

「あ、ごめんね」

「いや、香月が平気そうだからいいけどさ」

肩を竦めるようにしつつも、諏訪くんの面持ちは穏やかだ。

彼の優しい瞳が、私に安堵感を与えてくれる。

「もうちょっといけそうなら、一本ずつ指を増やして握ってみる？」

「う、うん」

手の向きを変えるためか、諏訪くんが胸元あたりまで持ち上げた手のひらをこちらに向け、どうぞと言わんばかりに微笑んだ。

小さくハイタッチするように大きな手のひらに五指の先を触れ合わせ、そこからゆっくりと上を目指す。

不安はないのに、なんだか緊張してしまう。

理由のわからないドキドキ感を隠すように深呼吸をして、彼の指の間を埋めるように自分の指を滑らせていく。

一呼吸置いてわずかに力を込めれば、一拍して諏訪くんも指を曲げ、お互いの手を軽く握り合うような形になる。

さらに数秒が経ったあと、ギュッと力を込められた。

「っ……」

ピクッと肩が震えてしまう。

さきほどよりも、彼の体温や手の感触が鮮明で。私よりもずっと大きな手に包まれていることに、緊張とは違う感覚が突き上げてくる。

高鳴る鼓動とともに頬に熱が帯びていき、そこではたと気づいた。

(やだ……。私……諏訪くんのこと……)

胸の奥に広がっていった熱がなにを意味するかを、自覚してしまった。

諏訪くんとの再会を嬉しく思ったのも、男性が苦手な私が彼に対して一度も不安を感じたことがないのも。

最初からずっと諏訪くんだけは平気だったことも、彼に触れられると嫌悪感を抱くどころかドキドキしてしまうのも。

全部、全部……諏訪くんのことが好きだからだ――と。

高校を卒業するときに思い出として置いてきたはずの淡い初恋は、ただずっと私の胸の奥底で静かに眠り続けていただけ。

今ようやくして、彼への恋心は再び息づいていたのだと思い知る。

緊張でドキドキしていると思っていたのは、きっと心が恋情を訴えていた合図だった。

記憶をたどれば思い当たることが多すぎて、なぜ今まで気づかなかったのか……とおかしくなったくらいだ。

あれだけ優しくされて意識しない方が変だったのかもしれないけれど、なんて単純で簡単な人間なんだろう。

その上、自分の気持ちにも鈍いなんて……。

けれど本当は、まったく考えなかった、と言えば嘘になる。

敦子からけしかけるような言葉をかけられる前から、少しだけ思っていた。

あの頃、諏訪くんに向けていた気持ちが甦ってくるんじゃないか……と。

初恋の相手に助けてもらって、その彼の家に住まわせてもらって。仕事は大変だけれど毎日が楽しくて、一緒に過ごせることが嬉しかった。

もう一度好きにならない方が難しかったのかもしれない。

ただ、今はまだどうすればいいのかわからない。

自分の中の恋情を諏訪くんと手を繋いだまま自覚してしまったせいで、彼の顔をまともに見られなくなった。

「香月？　もしかして嫌だった？」

彼に他意はないに違いないけれど、その訊き方はずるい。

嫌じゃないし、嘘でも嫌だなんて言えるわけがないんだから……。

「そうじゃないんだけど……その……」

「うん？」

拍動はどんどん速まり、うるさいくらい高鳴っていく。

諏訪くんに聞こえてしまわないか、顔が赤くなっていることに気づかれていないか……。

触れ合っているだけでも精一杯なのに、思考を巡ることが多すぎてパンクしてしまいそう。

不安や嫌悪感を抱くどころか、むしろ好きだと自覚したなんてバレるわけにはいかない。

異性に慣れていない私とは違って、彼はあくまで友人として親切にしてくれているだけ。

それなのに、同居人かつ部下に恋心を持たれているなんて知ったら、気を使わせてしまう。

これ以上の迷惑はかけたくない。

だから、平静を装うことに全力を尽くそうと決めた。

内心ではパニックになっているのにどこか冷静に判断を下した私は、できるだけ顔を見られないように視線を逸らしたまま口を開いた。

「なんていうか……さすがに恥ずかしい、かな……」

「……そうか」

一瞬、妙な間があった。

「嫌じゃないなら、せっかくだからもう一歩進もうか」

しかも、手を離す言い訳を必死に考えようとしていた私に反し、諏訪くんはさらに踏み込んできた。

（えっ？　なに……？　もう一歩ってなにするの？）

困惑と緊張の中で、どうにか呼吸だけは普通にしようと心掛ける。

「……香月、手はこのままだよ？　今度は俺が香月に触れるから」

そんな私に、骨張った手が伸びてきた。

思考が追いつくよりも先に、諏訪くんの右手が私の頬にそっと触れる。

それはあまりに自然で、驚く間もなかった。

ゴツゴツした、男性らしい手の感触。

握っている手で感じるよりもずっと近い彼の気配に、無意識に息を呑む。

骨張った手から伝わる体温が、やけに熱い。

諏訪くんと私、どちらの熱かわからないけれど……。鼓動が頭に響くほどうるさくて、彼に聞こえていないかと心配になった。

さらには、すり……と優しく撫でられて、心臓が大きく跳ね上がった。

反射的に顔を上げてしまい、お互いの視線が絡んだ。

真っ直ぐに見つめてくる瞳の強さに囚われて、息が上手くできない。

不安や恐怖はないけれど、自覚したばかりの恋情が膨れ上がった気がする。

それでも、なんとか口を開いた。

「あ、の……諏訪くん……？」

緊張でかすれそうになった声が、静かなリビングに落ちていく。

頼りなさげな問いかけに、諏訪くんがふっと瞳をたわませた。

「怖い？」

その質問の答えは、ＮＯだ。

怖くはないし、それは間違いない。

「ううん……」

素直に首を横に振ったものの、持て余したままの感覚をどう説明すればいいのか思いつかなくて、声にも顔にもためらいが顕著に出てしまった。

「じゃあ、あと三十秒だけこのままでいよう」

どうにかこの状況を終わらせたい私を余所に、さらにタスクが追加される。

決定事項のように言われてしまうと、彼の意図を察することができないままうっかり再び頷いていた。

三十秒がこんなにも長いと思ったことなんて記憶の中ではない。

それほど異様に長く感じた。

あと何秒かわからなくて、いずれやってくる終わりを大人しく待つことしかできない。

息を止めないように意識すると、余計に緊張が大きくなった。

「はい、終わり」

ところが、程なくしてあっさりと手を離されれば、急に心にぽっかりとしたものが芽生え、なんとも言えない気持ちに襲われた。

「大丈夫だった？」

頬と右手に感じていた温もりが遠のいたせいか。

それとも、笑顔を見せる諏訪くんの平素の態度に、あくまでリハビリの一環だったことを思い知らされたせいか……。

明確な答えが出ない中、ひとまず彼に心配をかけないように首を縦に振った。

「抵抗感とか嫌悪感とかあった？　俺のことは気にせず、正直に答えて」

「そういうのはなかったよ……」

「そっか。じゃあ、よかった」

諏訪くんの真っ直ぐな笑顔に、胸がきゅうっと苦しくなる。

こんなにも意識しているのは私だけなんだ、と改めて突きつけられたから。

そんなことを思う自分がおこがましいのはわかるのに、頭と心がちっとも一致しない。

離れてしまった体温が恋しくて寂しい……なんて絶対に言えないけれど、このやり場のない感覚を持て余してしまう。

「でも、手が離れると寂しいな」

「え……？」

ふっと瞳を緩めた彼に、目を小さく見開いてしまう。

深い意味はなかったのかもしれない。

もしかしたら、私が寂しそうに見えてフォローしてくれただけかもしれない。

頭では冷静に考えようとするのに、単純な心が勝手に喜びを感じてしまう。

「なぁ、香月。これから毎日、今日みたいに練習しないか？　ちょっとずつ触れ合う場所や時間を増やしていくんだ」

さらには、その後押しをするように、思いもよらない提案を与えられた。

「もちろん、香月が嫌がることはしないし、あくまで香月の無理のない範囲でステップアップしていって、徐々に異性への抵抗感を減らすっていうか……」

同居に始まり、仕事の面倒。

そして、今回のこと。

再会してからずっと、諏訪くんは私の予想を遥かに超えたことばかり提示してくるけれど、彼が口にするのはいつだってどれも私のためだ。

「いきなりは無理だろうけど、こうすることで異性に対する苦手意識が和らげばいいなと思ってさ。どうかな？」

諏訪くんは私の人生で唯一の男友達ではあるものの、きっと彼にとっての私は友人と言えるほど親しくはなかった。

それなのに、こんなに親切にしてくれる諏訪くんは、本当にいい人だ。

だからこそ、彼ともっと仲良くなれるかもしれない……と喜んでしまった自分自身の身勝手さにうんざりしそうになった。

「ううん……。そこまでしてもらうわけには……」

下心がバレるのが怖くて、さりげなく遠慮する。

けれど、諏訪くんは平然と笑った。

「そんなことは気にしなくていいよ。ただ、香月は俺に対しては抵抗感があんまりないみたいだし、それならいい練習台になれるかなって思うんだ」

仕事のため、私のため。

きっとそう考えてくれている彼に反して、私はそれだけじゃない。

厚意を純粋に受け取れないことが気まずいのに、真っ直ぐな目を見ていると断れなかった。

「じゃあ、お願いしてもいい？」

「もちろん」

諏訪くんがにっこりと笑う。

裏のなさそうな笑顔が眩しくて、自身の不甲斐なさが浮き彫りになる。

それでも、これが彼の家を出るための一歩に繋がると思えば……私の下心も少しくらいは許される気がした。

「ありがとう」

「お礼なんかいらないよ。俺のためでもあるからね」

そうだよね、と同意を込めて頷く。

私が業務をこなせるようになれば少しでも役に立てるはずだし、なによりもここを出ていく日が近づく。

(でも、そうなるともう……こんな風に一緒にいられないんだよね)

ふと想像した未来に寂しさを覚えて、慌てて甘ったれた心を叱責する。

気をつけなければ、ダメ人間になるまでにもう片足以上突っ込んでいそうだ。

「とりあえず、明日から毎晩五分くらい頑張ってみようか。ステップアップは、香月の様子を見つつ進めていこう」

「お世話をおかけします」

諏訪くんは眉を下げて微笑むと、「香月は騙されやすそうなタイプだな」なんてひとりごち、ソファから立ち上がった。

そのまま後ろに回った彼が、私の傍を横切るときに頭をポンと撫でた。

「おやすみ、香月」

「……っ!」

柔和な甘さを孕んだ声音に、優しい手つき。

諏訪くんにとってはなんでもなくても、私の心臓を取り乱させるには充分だった。

「あっ……！　おやすみ、なさい……」

忘れかけていた熱が戻ってくる。

触れられたばかりの頭がじんじんと痺れるようで、呼吸が上手くできなくなりそうだった。

（やだ……。こんなの、隠せそうにないよ……）

初恋の男性で、唯一キスをした相手。

居候させてもらうことになったときから、ファーストキスのことは考えないようにしていたのに……。彼への恋情を自覚した途端、当時の感覚さえも唇に甦ってきた気がした。

高校時代よりも遥かにはっきりとした想いと、手や頬に与えられたばかりの温もりが記憶にこびりつく。

再び騒ぎ始めた鼓動は、しばらく落ち着かなかった。

六章　堰《せ》かれて募る恋の情……なんて言うけれど

満面の笑みで顔を突き合わせた敦子と、「久しぶり！」と声が重なる。

そのことにまた笑顔が零れ、彼女とならではの雰囲気に心が和んだ。

お互いの最寄駅の中間地点で待ち合わせた私たちは、ワッフルが人気のカフェに入った。

カフェオレとワッフルをふたつずつ注文したあとで、近況報告をしながら運ばれてくるのを待つ。

敦子は、生活が落ち着いてきたようだ。

入籍は十二月に決まり、今は式場巡りに精を出しているのだとか。

幸せそうな彼女に、私まで嬉しくなった。

「志乃は諏訪くんとの生活はどう？　仕事は慣れてきたみたいだけど」

定期的に連絡を取り合っている敦子は、諏訪くんとの同居が決まったときに泣きついた私を心配して、いつも気にかけてくれている。

「快適に過ごせてるよ。男性と同居なんてどうなるかなって心配だったけど、諏訪くんが本当に優しいし、すごく気遣ってくれるから助かってる。感謝しかないよ」

微笑めば、敦子が「そっか」と瞳を緩める。

「で？」

「なにが？」

「まさかそれだけ？」

「それだけって？」

「男女がふたりで一緒に住んでるんだから、他にもなにかあるでしょ」

痺れを切らしたような彼女から、物言いたげな視線が向けられる。

「もしかして恋愛的なことを言ってる？」

「だって、相手は諏訪くんよ？　志乃の学生時代の唯一の男友達で、昔も今もただひとり普通に話せる異性で、なにより初恋の相手だよ？」

力説した敦子に「期待もするよ」と付け足されて、思わず眉を寄せて小さく笑ってしまう。

「なに言ってるの。諏訪くんは今や社長だし、きっと昔と同じように引く手数多だもん。いくら一緒に住んでるからって、私なんて眼中にないよ」

「そんなのわからないでしょ」

敦子はきっぱりと言い切ったけれど、簡単に恋愛に絡めてしまうと諏訪くんに失礼だ。

だって、彼は私とは違うのだから。

私がまた諏訪くんに恋をしたからって、なにがどうなることもないとわかっている。

だからこそ、彼にはこの感情は隠し通そうと決めた。

「仮に諏訪くんのことは置いておいたとしても、志乃が諏訪くんだけは平気ってことは少なくとも志乃にとっては恋愛対象になりうるわけじゃない？」

「えっ？」

「学生時代も美容師時代も何人にも告白されてたけど、誰とも付き合わなかったのは志乃の状況を考えればわかるよ。でも、初恋の人と一緒に住んでて、ずっと優しくされて……私なら絶対にまた好きになっちゃうけどなぁ」

「っ……」

平静を装っていたつもりなのに、私の心の中を見透かすような言葉に一瞬で頬が熱くなる。

直後、鋭い彼女がニヤッと笑いながら「ふーん」と言った。

「ちがっ……！　違うよ！」

「私、まだなにも言ってないけど？」

しまった……と思ったけれど、もう遅いのは明らかだ。

敦子は口元を緩めたまま、「そっか」と口にした。

「いいじゃない。諏訪くんはいい人だと思うし、志乃を大事にしてくれるよ」

「そんな、勝手に……。私が一方的にまた好きになっちゃっただけだし……」

ここまで来ると、素直に認めるしかない。

ただ、私の気持ちに諏訪くんを巻き込むわけにはいかないという思いから、彼女には暗に『あくまで私側の話だ』と告げた。

「そうは言っても、恋愛なんて一秒先はどうなるかなんて誰にもわからないよ？　諏訪くんだって聖人君主じゃないんだから、恋愛感情くらい持つでしょ」

「だとしても、その相手は私じゃなくて……もっとこう、諏訪くんに釣り合う人だと思う」

自分で言いながら落ち込んだけれど、本音だった。

彼は、容姿端麗で、会社を背負う社長。

しかも、大学時代に友人と起業している。

その上、優しくて気遣いができ、友達思いと来ている。

はっきり言って、欠点らしい欠点が見つからない。

そんな男性が、異性とろくに触れ合うこともできない私みたいな人間を恋愛対象として見てくれるとは思えない。

引く手数多である中、わざわざ私を好きになるなんて……。

そもそも、こんな私が誰かと付き合うなんて想像できないし、諏訪くんだって私みたいな厄介な女よりも普通の女性を選ぶだろう。

いくら親身に面倒を見てもらっていても、そこまで自惚れるほど浅はかじゃない。

彼の恋人になる人はきっと、篠原さんみたいな美人で聡明な人。

誰が見てもお似合いだと思ってしまうような、そういう女性に決まっている。

（つい最近、自分の気持ちを自覚したばかりなのに、失恋しちゃうなんて……）

「志乃は自己肯定感が低すぎなのよ。別に男性恐怖症でもいいって男は絶対にいるし、志乃のペースで一緒に歩いてくれる人だっているからね？」

「うん……」

「あと、今まで知り合ってきた下品な男子とか、志乃の元上司みたいなクソ男のせいで今こんな風になってるとしても、あいつらみたいなクズを基準に考えちゃダメ！　傷ついたりトラウマになってたりしても、そんな奴らのせいで自分を下げるのはよくないよ」

「敦子……」

真剣に話す敦子が、どれだけ心配してくれているのかが伝わってくる。

彼女は、私がセクハラとパワハラに悩まされていたときもずっと、自分のことのように怒ったり泣いたりしてくれていた。

やっぱり、私は友人に恵まれている。

「私が男だったら、志乃に好きになってもらえたら嬉しいよ！　志乃にはいいところがいっぱいあるんだから、志乃はもっと自分に自信を持っていいんだよ」

「ありがとう」

ツンと鼻の奥が痛くなって、泣いてしまいそうになる。

けれど、精一杯の笑顔を返した。

「泣きそうにならなくていいから、ワッフル食べよ！」

「うん」

運ばれてきたばかりのワッフルには、アイスやフルーツ、生クリームが盛られている。

カラフルな色合いと焼き立ての香ばしい匂いに、少しだけ元気をもらえる気がした。

ワッフルを堪能しながら敦子の同棲の話を聞いていると、彼女の幸せそうな笑顔に癒やされ、少しずつ明るい気分が戻ってくる。

「志乃は、諏訪くんとはどんな風に過ごしてるの？」

その後、ひとしきり近況報告を終えたらしい敦子が、唐突にそんなことを尋ねてきた。

「一緒にご飯食べたり、コンビニに行ったり……わりと普通っていうか、敦子の家でお世話になってたときと似たような感じかも」

「一緒に料理したりはしないの？」

「うん。諏訪くんは私よりも帰りが遅いし、土日も何時間かは仕事してるから、家事にまで手が回らないと思う。あっ、だからって、別に私が無理して料理してるわけじゃないよ？」

「それはわかってるよ。諏訪くんって相手に無理強いするようなタイプじゃないし、志乃に無理させるとは思えないから」

彼女の言葉に、うんうんと頷く。

「むしろ、私が迷惑をかけてばかりだよ。最近は、私のリハビリまでしてくれてるし」

「リハビリ？」

その単語に引っかかったらしく、敦子が小首を傾げる。

「うん。異性に慣れるように、諏訪くんが練習台になってくれてるの」

「……それって具体的にどんなことしてるの？」

「えっと……手を握ったり、諏訪くんが私の顔や頭に触れたり……」

諏訪くんとのリハビリが始まって、約二週間。

最初は五分程度から挑戦し、今では十分ほど手を握りながら彼に触れられている。

その成果なのか、肩や手に触れられることへの抵抗感は弱まり、会社で男性社員に声をかけられるときに肩を叩かれたり不意にぶつかったりしても委縮しなくなった。

「それだけ？」

じっと見つめられてたじろぐ。

実は、頬を中心に触れている骨張った手のひらは、気まぐれのように頭を撫でることもあるし、耳をくすぐってきたこともある。

戸惑い慌てる私に、諏訪くんは決まって『練習だから緊張しないで』と言いつつも、『無理ならちゃんと教えて』と優しく微笑みかけてくれる。

だからなのか、ちっとも怖くはない。

けれど、どんなに平静を装ってもドキドキしてしまう。

しかも、彼がときおり見せる意味深な視線に、息ができなくなるほど心が捕らわれることもある。

諏訪くんへの想いを自覚した今、それはもうどうしようもなかった。

そのせいで、頬が熱くなっていることや高鳴っている鼓動を彼にバレないようにするのに必死で、不安だとか怖いだとか考える暇もない。

幸か不幸か、おかげでリハビリの成果が出てきていると思う。

「志乃？　聞いてる？」

「あ、うん……！　リハビリはまだ始めたばかりだけど、これからどんどんステップアップしていく予定で……」

「リハビリ、ねぇ」

「なに？」

「ううん、別に。でもまあ、私に話したこと以上のことはしてるよね？」

「……っ、変な言い方しないで！」

「変な言い方なんてしてないよ。それに、あながち外れてないんでしょ？」

相変わらず鋭い敦子に、こほんと咳払いをする。

「私は……そりゃあまた諏訪くんを好きになったから意識しちゃうけど、諏訪くんに他意はないよ。あんなに優しくて親切な男の人、私の周りにはいなかったし、本当に感謝してるの。だから、一刻も早く普通に異性と接することができるようになりたいし、引っ越しもしたいの」

「引っ越しはともかく、少しずつでも異性への苦手意識が和らげばいいね」

「うん」

「っていうか、諏訪くんって意外と気が長いなぁ」

「そうかも。会社でも家でも、怒ってるところは見たことがないし」

敦子が肩を竦めるようにして苦笑いで「そうだね」と相槌を打ったけれど、なんとなく彼女の態度に含みがあった気がする。

「それよりさ、せっかくリハビリしてるなら、もっと積極的になってみれば？」

ところが、そこに意識を割くよりも早く突飛な提案が寄越され、言葉を失った。

「諏訪くんを見つめながら、ちょっと頬に手を添えてみるとか。ほら、リハビリの成果が出てるってわかれば、諏訪くんだって協力してる甲斐があるって思うんじゃない？」

敦子の話は予想外のことではあったものの、一理あるかもしれない。

私からもっと積極的に触れるのは、不安だった。

ただ、相手が諏訪くんなら頑張れそうではある。

「もちろん無理する必要はないけど、諏訪くんは喜ぶと思うよ」

「うん……。できそうならやってみる」

彼女の提案を実行してみようと考えたのは、少しずつでも成果が出ていることを彼に伝えたかったから。

だいたい、これくらいできなければ先が思いやられる。

ワッフルを食べ終える頃には、私の意志は固まっていた。


夕方、家に帰ると諏訪くんが出迎えてくれた。

彼は私と同時に家を出て、近所のジムに行っていた。

体力作りが主な目的らしいけれど、それにしては身体がしっかりと鍛えられている。

家にいるときは特に薄着だから、均整が取れた体躯なのがよくわかるのだ。

「俺、先に風呂入ったんだけど、ご飯はデリバリーでも頼まないか？　いつも作ってくれるから、たまには楽しようよ。ピザか寿司ならどっちがいい？」

諏訪くんの中では、夕食をデリバリーにするのはもう決定事項のようだ。

「諏訪くんは？」

「俺は今日は寿司の気分。実は、駅前の寿司屋を通ったら急に食べたくなって」

「私もお寿司がいいな」

「じゃあ、決まり。適当に頼んでおくから、届くまでに風呂に入っておいでよ」

その言葉に甘えて、部屋に行ってからバスルームに向かう。

最初は落ち着かなかった広いバスルームは、バスタブでゆったりと足を伸ばせるのが嬉しく、今ではリラックスできる場所のひとつだ。

ただ、今日は敦子の提案を決行しようとしているからか、なんだか落ち着かない。

彼のシャンプーの残り香が追い打ちをかけるようで、芽生えた緊張をごまかすように膝を抱え、弱腰になりそうな自身を叱責した。

諏訪くんを待たせないようにお風呂から上がれば、お寿司はまだ届いていなかった。

彼に「早かったな」と微笑まれ、ぎこちなさを隠すように笑みを返す。

「寿司だとワインじゃないよな。ビールか焼酎か……あっ、酎ハイもあったな」

希望を訊かれて酎ハイをお願いすると、諏訪くんが冷蔵庫からビールと酎ハイを出してきてくれた。

どうやら彼は、運動したことによって飲みたくなったみたいだ。

緊張感がなかなか消えない私も、アルコールの力を借りることにする。

軽く飲み始めたところでお寿司が届き、その豪華さに驚いた。

「これ、特上なんじゃ……」

諏訪くんは、「たまにはいいだろ」なんて言ってあっけらかんと笑う。

彼にお金を受け取ってもらえなかった私は、戸惑いつつも丁重にお礼を伝えた。

ふたりで「いただきます」と声と手を合わせ、お寿司を堪能する。

イクラは大粒で甘く、脂が乗った大トロは生肉のような食べ応えで、ウニは舌に感触が残るほど濃厚だった。

「どれも人生で一番おいしい……！」

「それはよかった。じゃあ、また頼もう」

簡単に甘やかしてくれる諏訪くんといたら、ダメ人間になるのはやっぱり時間の問題だ。

自分の将来が不安になって、早く彼のもとを離れなければいけないと思う。

それなのに、今の生活を失う未来を想像するだけで、寂しさに似たものを抱く。

諏訪くんをまた好きになったからこそ、彼の傍にいたい……と思ってしまう。

けれど、それは私のわがままに過ぎない。

そんな自分が恥ずかしくて、食後にソファに移動した諏訪くんを追って彼の隣に座った。

「今夜はもう練習する？」

「うん……」

ためらいと緊張を隠して頷けば、諏訪くんが柔和な笑みを浮かべる。

差し出された左手を右手で握るのは、随分とスムーズにできるようになった。

最初はなかなか手に力を入れられなかった私に、彼が根気よく付き合ってくれたおかげだ。

だからこそ、諏訪くんに成長したところを見てほしい。

そんな決意とともに顔を上げれば、優しい双眸とばっちり目が合った。

「香月？」

普段より緊張感が大きい私の異変に気づいたのか、彼の表情に心配の色が浮かぶ。

私はそれに構わず左手をそっと伸ばし、おずおずと諏訪くんの頬に触れた。

「え……っ」

刹那、彼の顔が意表を突かれたように固まり、沈黙に包まれた。

初めて触った諏訪くんの頬は滑らかで、骨張った手とはまた違った感触が伝わってくる。

その上、彼の体温もしっかりと感じ取れた。

(でも……これって、ちょっと……)

思っていたよりもずっと、恥ずかしい。

勢いに任せればなんとかなるかと考えていたけれど、交わったままの視線すら動かせないほど緊張している。

熱いのは、私の手か諏訪くんの体温か……。どちらのせいかわからない。

鼓動は早鐘を打って落ち着きを失い、このままでは平静を装えなくなるのも時間の問題だ。

それなのに、引き際を見つけられない。

手を握り合って私が彼の頬に触れた形で動けなくなり、お互いに静止していた。

「えっと……香月……。これはどう捉えればいい？」

動揺しているのは私だけじゃないようで、諏訪くんも困惑をあらわにしていた。

私の意図を図りかねたらしい彼が、どこか気まずそうに微笑む。

「あの……敦子がね……」

思わず言い訳を引っ張り、経緯を話した。

もちろん、最終的に決めたのは私だけれど……。ただ、まずはそこから話さないことには、上手く説明できそうになかったから。

「……つまり赤塚に提案されたからこんなことした、ってことでいいんだよな？」

「う、うん……。でも、こうするって決めたのは私だよ？　諏訪くんに練習の成果があるって伝えたくて、百聞は一見に如かずかなって」

すると、諏訪くんは息を大きく吐き、「そうだよなぁ」と複雑そうに眉を寄せた。

「香月、練習の成果が出てるのはわかったから、とりあえず離れようか。で、今日の練習はもう終わろう」

「えっ？」

なにかまずかったのかもしれない、と不安が過る。

けれど、彼がすかさず微笑んだ。

「香月はなにも悪くないよ。でも……今日はもう充分かなって」

さきほど、諏訪くんは『こんなこと』と言った。

捉え方によってはマイナスに受け取れる表現は、いたずらに私の不安を大きくする。

「えっと、ごめんね……。急に変なことして……」

「謝らなくていい。香月はなにも悪いことしてないんだから」

「でも……」

優しかった彼の瞳に、わずかに厳しさが宿る。

「すぐに謝るのは香月の悪い癖だよ。なにも悪くないのに謝る必要はないんだ」

静かに、けれどしっかりとした口調で紡がれた言葉は、私の自己肯定感の低さを叱責しているようだった。

今に限って言えば、私に非がなかったと言い切る自信はない。

一方で、二言目には謝罪を口にしてしまうのが癖づいている自覚もある。

それが美容師時代にセクハラとパワハラに遭った経験からだ……ということも。

「これまでにつらい思いをしてきたからこそ、そういう態度になってしまうんだとは思う。香月にとって自衛のためだったのかもしれないし、それ自体がダメなことだとは言わない。自分を守るのは大切なことだから」

厳しさを孕ませた声音なのに、どこか温かくて優しい。

そう思うのは、諏訪くんがどれだけ優しい人なのかを知っているから。

私は、彼に返し切れないほどたくさんの優しさをもらっている。

「でも、自分が悪くないときにまで謝罪する必要はないんだ」

これまでに助けてもらってきたからこそ、諏訪くんの言葉には私への思いやりが詰まっていることはすぐにわかった。

「弱みに付け込むような奴は、香月みたいにすぐに謝る相手を前にすると簡単につけ上がる。だから、今みたいに謝るのが癖になってるなら直した方がいい」

無条件に与えられてばかりの優しさに、申し訳なさと喜びが押し寄せてくる。

後者が勝るのはあっという間で、鼻の奥がツンと痛み、喉がグッと苦しくなった。

「ごめん……。厳しいこと言っちゃったな」

「ううん！　諏訪くんは私のために言ってくれたんだもん！　むしろありがたいし、感謝しかないよ。ありがとう」

笑みを浮かべた諏訪くんに、胸の奥が甘やかな音を立てる。

同時に、この優しさや笑顔は今しか向けてもらえないものだと改めて思い知り、今度は胸が締めつけられた。

「素直な性格や、そうやってすぐにお礼を言えるのは、香月のいいところだな」

現実は苦しいけれど、諏訪くんの言葉が私を少しだけ救ってくれる。

だから、彼の前では切なさを隠して、精一杯笑ってみせた。

＊　＊　＊

駆け抜けていった八月も終わり、九月も中旬を迎えた頃。

木野さんについてもらわなくてもできることが増え、仕事に慣れた実感や成長している手応えを徐々に得られるようになった。

諏訪くんへの気持ちを持て余しながらも、毎日必死に業務をこなしている。

一刻も早く仕事に慣れて、彼の家を出ていけるようにしたいからだ。

このままずっと一緒にいたい……と思うこともある。

少しでも長く今の生活を続けられる方法を探したこともあった。

諏訪くんへの想いは実るはずがないからこそ、今だけは現状を言い訳にすれば彼の傍にいられるかもしれないと考えて、もう少しだけこの生活を維持していたい……と。

けれど、それはあまりにもずるい。

見返りを求めずに優しくしてくれる諏訪くんに対して不誠実だし、いくら失恋が確定しているからといっても好きな人にそんなことをしたくない。

彼が無償の思いやりを与えてくれた分、せめて私は仕事を含めて自分自身を成長させなければいけないし、その上で胸を張ってお礼がしたい。

だから、甘えてずるいことを考えてしまった自身を叱責し、諏訪くんの友人として恥ずかしくない私でいたいと思ったのだ――。


土曜日の今日は、諏訪くんは珍しく午前中だけ出社すると言って出かけていった。

先日、契約先の企業で起きたシステムトラブルの件で、どうしても今日中にチェックしておきたいことがあるらしい。

エスユーイノベーションは、基本的にカレンダー通りの勤務形態になっている。

だから、他のエンジニアは休みだけれど、諏訪くんと鵜崎副社長だけが出社するのだとか。

他の社員はいなくてもいいのかと尋ねれば、『このトラブルで随分残業させてしまったし、俺とタケだけでいい』と話していた。

諏訪くんは、もともとの性格もあいまって経営者に向いていると思う。

エスユーイノベーションで働くようになってから、彼がどれだけ社員に慕われているのかを目の当たりにしてきたけれど、こういう気配りを感じられるのは日常茶飯事だ。

そのたびに、それだけ社員を大切にしていることが伝わってくる。

叶わない恋でも、自分が好きになった男性はこんなにも素敵な人なんだと、仕事でもプライベートでも何度も感じてきた。

だからこそ、ただ苦しさや切なさに喘いで傷つくだけじゃなく、諏訪くんへの秘めた恋心を受け止め、時間をかけてでも消す決意ができたのだ。

なんてかっこつけてみても、本当はまだ切なさに負けてしまいそうなんだけれど……。

小さなため息を零したとき、玄関のドアが開く音がした。

昼食の支度をしていた私は、キッチンからリビングのドアに向かい、廊下に出て笑顔で出迎える準備をする。

直後、広い廊下で鉢合わせた人物に呆然としてしまった。

「こんにちは。諏訪社長に言われたものを取りに来ただけですから、お構いなく」

スーツ姿の篠原さんが、エプロン姿の私に笑みを向け、迷うことなく書斎に入っていく。

彼女はドアを開けたままデスクの上にあるＵＳＢを手にすると、その片隅でばらけていた資料を軽く整えて置き直し、部屋から出てきた。

「あの、鍵は……」

「社長から合鍵を預かっています」

含みのある美しい微笑に、たじろいでしまう。

すると、篠原さんの目に冷たい空気が宿り、これみよがしにため息が寄越された。

「いつまで居座るつもりですか？」

「えっ……」

「諏訪社長から、あなたのことはご友人だと伺っています。一時的に同居しているとも聞いていましたが、もう三か月ほどになるんでしょう。社長は誰に対しても優しいですが、そこに付け込むように甘えるのも大概になさったらいかがですか？」

淡々とした声音には、怒りが滲んでいる。

ただ、彼女の言い分はもっともで、返す言葉なんてひとつもなかった。

「エスユーイノベーションは大手企業からも認知されるようになったため、諏訪社長は今とてもお忙しいんです。あなたの前ではそんな素振りは見せないでしょうが、家にずっと他人がいる状況でくつろげると思いますか？」

厳しい口調が矢のように降り注ぎ、そのたびに胸を抉られる。

どれも正論だからこそ、俯くことしかできなかった。

「今まで優しくしていただいたんですから、もう充分でしょう。そろそろ社長の足を引っ張るのはやめてください」

ぐうの音も出ない私に、篠原さんが踵を返す。

私の答えは求めていないのか、彼女はハイヒールを履いて振り返りもせずに立ち去った。

（あんな風に言われるのは当然だ……）

甘えて頼って、諏訪くんに言われるがまま同居生活を続けてきた。

ここに来て三か月ほどが経つのに、早く出ていくと考えているわりには新居を探していたわけじゃない。

こっそり内覧には行ったことがあるものの、結局は進展がなかった。

そういう自身の怠慢が起こしたこの状況は、自業自得でしかない。

（出ていこう……。このままじゃ諏訪くんの足を引っ張るだけだよ……）

篠原さんは、もしかしたら諏訪くんのことが好きなのかもしれない。

そうじゃないとしても、秘書として社長の足を引っ張る人間が傍にいるのは不快なはずだ。

休日にエプロンをつけてのんきにしていた私は、パリッとしたスーツを着こなして凛とした佇まいでいた彼女の足元にも及ばない。

他人を羨んで肩を落としてもいいことはないのに、悔しさや歯がゆさを持て余して負の感情を上手く鎮められなかった。

諦めるつもりだった恋情が、心を揺さぶってくる。

書斎の場所を知っていた篠原さんが、当たり前のように合鍵を預けられていた彼女への信頼が……諏訪くんにとってどういう意味を持つのかを考えるのが、とても怖かった。

ふたりの関係を邪推して、行き場のない想いが未練がましくも大きくなってしまう。

けれど、今は自分の気持ちから目を逸らし、彼が帰宅したら真っ先に『出ていく』と伝えようと思った――。

七章　恋は曲者、あなたは変わり者

諏訪くんが帰宅したのは、夕方だった。

篠原さんと入れ違いで彼から【遅くなる】と連絡をもらったため、ふたりで食べるつもりで用意していた昼食はひとりで食べ、味気のないランチタイムになった。

「諏訪くん、話があるの」

ソファに移動して神妙に切り出した私に、諏訪くんが首を傾げる。

決心が鈍らないうちに言ってしまおうと、間を置かずに続けた。

「私、そろそろ出ていくね。ずっと諏訪くんに甘えちゃってたけど、今のままおんぶに抱っこの生活はさすがにもうダメだなって感じて……」

瞠目した彼が、私を見つめたまま静止している。

「約束では仕事に慣れるまでって話だったけど、具体的にいつまでなのかは相談してなかったよね。だから、近いうちに――」

「でも、香月はまだ仕事に慣れてないだろ」

諏訪くんの口調は、らしくなく厳しさを孕んでいた。

確かに、約束では『仕事に慣れるまで』ということだったけれど……。それでも私が出ていくと言えば、彼は賛成してくれると思っていた。

諏訪くんにとって私はお荷物だと自覚しているからこそ、彼の反応は想定外だ。

「それはそうだけど……でも、もう仕事を始めてから二か月以上が経ってるし……」

立場上、そう強くは言えない。ただ、おかしな主張をしているつもりはなかった。

「期間は関係ないよ。約束は〝香月が仕事に慣れるまで〟だっただろ？」

それなのに、明らかに不満げにされて戸惑う。

同時に、はたと気づく。

〝仕事に慣れるまで〟という約束が、あまりにも曖昧すぎたのかもしれない、と。

私自身は、ある程度慣れれば……くらいの気持ちでいたけれど、諏訪くんは篠原さんや木野さんのレベルで仕事をこなせることを求めていたのかもしれない。

そうだとしたら早急に意見をすり合わせなければいけないと考えていると、彼がため息交じりに眉を下げた。

「香月、もしかして俺と暮らすのが嫌になった？」

どこか寂しげな雰囲気を見せられて、慌てて首を横に振る。

嫌になったなんて、とんでもない。

むしろその逆で、自分の想いを自覚した今、諏訪くんと一緒にいられるのはとても嬉しい。

今の生活は快適すぎるし、無条件で彼の傍にいられる幸福を離しがたいとも思っている。

ただ、どれだけ一緒にいても、諏訪くんと夢を話した青く眩しい日には戻れない。

彼はもう、私なんかでは手の届かない人になってしまっているのだから。

今は特例だ。

ゲームなら無敵になれるボーナスタイムみたいなもので、その時間が長ければ長いほど元の生活に戻るのが難しいのは明白。

正直に言うと、本当はもう手遅れかもしれない。

だって、諏訪くんがいない生活を想像するだけで寂しくてたまらないから……。

けれど、そんな自分勝手な理由は許されない。

彼にはたくさん迷惑をかけているし、私がここにいることで金銭的にも精神的にも負担をかけているはず。

今すぐに返せるものはないものの、せめてきちんとけじめをつけたい。

「じゃあ、どうして急に出ていくなんて言い出したんだよ？」

「……諏訪くんのことも、諏訪くんと暮らすのが嫌になったなんてこともないよ。今までたくさん助けてもらったんだから、恩は感じてもそんな風に思ったことは一度もない」

「それなら、なおさらわからないんだけど」

「私、諏訪くんにずっと頼ってばかりだし、さすがにそろそろ自分でどうにかしなきゃって思ったの。仕事ではこれからもお世話になってしまうけど、それとは別にちゃんとけじめをつけないといけないなって」

「そんなことない。俺だって、香月に助けてもらってるよ」

きっと、諏訪くんは食事のことを言っているんだろう。

もちろん、できる範囲で頑張ってきたけれど、私が彼にしてもらっていることに比べれば料理くらいじゃ全然足りない。

それに、外食するときはご馳走してもらっている。

「ギブアンドテイク、持ちつ持たれつでやっていけてると思わない？」

どう考えても、ギブアンドテイクにはなっていない。

言葉にはしなかったものの、苦笑いでかぶりを振ることでしっかりと態度で示した。

「異性の友人がずっと一緒に住んでるのも変だと思うし、普通に考えて私がここにいると諏訪くんの迷惑になるでしょ。諏訪くんは優しいから否定してくれるかもしれないけど、私がいることで我慢してることもあるんじゃないかな」

ほんの一瞬だけ、諏訪くんの面持ちが強張った。

それはきっと、よく注意していなければ気づかないほどささやかなもので。私だって、彼と過ごした三か月がなければ見落としていたかもしれない。

(当たり前だよね……)

「ごめんね……。きっと、これまでにもたくさん不自由な思いをさせてたよね。くつろげなかったり、なにかを我慢したり……そういうことがたくさんあったんだと思う」

「違う！」

申し訳なさでいっぱいの私に、力強い声が返ってきた。

優しい話し方が常の諏訪くんからは想像できなくて、びっくりしてしまう。

謝罪を紡ごうとした唇は動かせず、訪れた沈黙が私たちを包む。

わずかに視線を逸らした彼は、程なくして私を真っ直ぐ見つめてきた。

じっと見据えてくる瞳に、鼓動がトクンと跳ねる。

明らかにいつもと違う諏訪くんを前に、どうすればいいのかわからない。

彼は戸惑うように眉を寄せ、そしてなにかを観念するがごとく息を吐いた。

「俺、香月が思ってるような奴じゃないよ。別にいい奴じゃないし、誰彼構わず優しくしたりもしない」

「そんなこと……」

「あるんだよ。俺はいい奴どころか、狡猾なくらいだ」

「なに言ってるの、諏訪くん。諏訪くんは社員をすごく大切にしてるし、ただの友達の私にだって本当に優しくしてくれてるじゃない」

納得できなくて言い募れば、諏訪くんがふっと鼻先で笑った。

「社員を大切にするのは仲間だと思ってるからだよ。タケや篠原、みんなが助けてくれるからこそエスユーイノベーションは成長できたし、一緒に頑張ってくれてる社員を大切にするのは普通のことだ」

「でも、私のことは無条件で助けてくれたよ」

彼は謙虚すぎるんじゃないだろうか。

社員を大切にする理由はわかるけれど、それでもやっぱり私への親切は〝いい奴〟以上の人間であると主張したい。

「……バカだな、香月」

ところが、諏訪くんは納得することもなく、逆に呆れたような笑みを浮かべた。

「本当にわからない？　俺の本心」

バカと言われたことは気にならなかった。

ただ、彼が言わんとしていることが理解できなくて、それを知りたいあまり素直に頷く。

すると、諏訪くんが諦めを含ませた微笑みを零し、意を決するように真剣な顔になった。

「俺は、別に無条件で香月を助けたわけじゃない。香月の事情を知って力になりたいと思ったのも本音だけど、心の底ではあわよくば……って気持ちもあった」

彼の言いたいことがよくわからない。

私が感じていた優しさは、つまり偽りだったということだろうか。

とてもそうだとは思えなくて、にわかに信じがたかった。

「あわよくば、って……？」

「その言葉通りだ。困ってる香月を助けて、とことん甘やかして、香月にとって俺の傍が居心地よくなるようにして……俺がいないとダメだって思ってくれればいいとまで考えてた」

途中まではただの親切だと受け取っていたけれど、最後の言葉に引っかかった。

だって、それはまるで執着に似た感情でありながら、恋心のようなものを感じたから。

けれど、ありえないと、すぐに心の中で否定する。

「あの再会だって、本当は俺が香月に会いたくて根回ししたんだ」

その数秒後、予想もしていなかった真実に言葉を失くした。

再会はただのなりゆきや偶然ではなく、私が知らないところで諏訪くんが仕組んでいた……ということらしい。

「会えて嬉しかった。でも、香月に会ったらそこで終わりたくなくなって、香月の現状を知って利用できるかもって思ったんだ」

整理できない思考が、現実に追いついてくれない。

「香月を言い包《くる》めて、俺の傍に置いて……全力で甘やかして大切にして、俺だけのものにしたいって」

「……っ」

射抜くような視線を寄越され、たじろいでしまう。

鋭く激しい双眸の奥には、私の知らない彼がいる。

目の前の人は友人ではなく、瞳に雄の光を宿したひとりの男性だった。

「ほら……下心ばっかりで、全然いい奴じゃないだろ？」

ふっと笑った諏訪くんは、吹っ切れたような面持ちをしている。

反して、私は動揺と困惑を隠せない。

「ここまで話したから全部言うけど、香月が好きだよ」

そんな私を差し置いて話は進んでいき、ついには想像もしていなかった言葉が紡がれた。

(好き……？　諏訪くんが、私を……？)

信じられない気持ちが強くて、なにも言えずにポカンとしてしまう。

「だから、香月と一緒にいるときはずっと我慢してた」

そういえば、なにを我慢させてしまったんだろう。

まだ状況を呑み込み切れていないものの、ようやくして追いついてきた思考がその疑問にたどりついた。

「香月に触れたくて、抱きしめたくて、キスしたいって。ずっと思ってたんだ」

直後、熱を孕んだ囁きが落とされ、反射的に息を呑んでいた。

恋愛経験がない私でも、高校時代の初恋しか恋を知らない私でも……。さすがにここまで言われたら気づかないはずはない。

彼の本心――とやらに。

「香月が俺を意識してないことはわかってたけど、どうにかして距離を縮めたかったし、男が苦手でも俺への警戒心だけは持たせたくなくて必死に友達のふりをしてきた」

ただ、信じられない気持ちが大きくて、思考は収拾がつかないほどに取っ散らかっている。

誰かこの状況を説明して……なんて思うくらいだ。

「でも、香月が俺にだけは触れられても平気だって言ってくれたとき、もうどんな手を使ってでも絶対に手に入れたいと思った」

怒涛の勢いで想いを打ち明けられて、いっそ夢かと思った。

「だから、適当な理由で香月を言い包めて、触れ合う方法を提案した。まあ、男に慣れるように……なんていうのも建前で、本心では俺以外の男に触らせる気はなかったけど」

諏訪くんに提案された、リハビリと称した〝練習〟。

それすらも、彼には別の意図があったなんて考えもしなかった。

「な？　ずるくて最低だろ？」

自嘲混じりの笑みを浮かべる諏訪くんを見つめ、役に立ちそうにない頭を必死に働かせる。

驚いたし、戸惑っているし、半信半疑どころか半分以上は信じられない。

ただ、それでもやっぱり彼を最低だとは思わなかった。

「ううん、そんなことない」

どんな理由があったにせよ、諏訪くんは絶対に私が嫌がることはしなかった。

いつだって私を気遣い、私のペースに合わせてくれていた。

なにより、一度も私を怖がらせるようなことはなかった。

「諏訪くんにそんな意図があったなんて知らなかったから、びっくりしたけど……諏訪くんはいつも私の気持ちを優先してくれたし、絶対に怖がらせたり不安になるようなことをしたりしなかったでしょ」

「それは……。これでも、香月に嫌われたくないと思ってるからな」

だとしても、本当に狡猾で最低なら、きっとそれなりのやり方で言い包めて無理強いすることはできたし、下心だって隠さなかったはず。

決してそんなことをしなかった彼には、やっぱりどれだけ感謝しても足りない。

「私、男の人ってだけで、その人がいい人であっても嫌な記憶が甦って怖くなることや、足が竦むことがあったの。でも、諏訪くんと一緒にいたこの三か月間、諏訪くんの前では一度もそんな風にならなかった」

諏訪くんへの想いを自覚したのはまだ最近だけれど、最初から平気だったのは相手が彼だったから。

他の人だったら、間違いなくこうはいかなかったと思う。

「美容師時代には平気なふりをしようとしても、身体が震えたり強張ったりして思うようにならなかったのに、諏訪くんの前ではずっと大丈夫だった。それってきっと、諏訪くんが私に対してひとりの人間として向き合ってくれてたからだと思うんだ」

今になって気づいたけれど、私の諏訪くんへの信頼を裏付けるように、彼には自然と笑みを向けることができていた。

「だったら言わせてもらうけど」

引かない私に諦めたのか、諏訪くんがため息を漏らす。

「俺は香月と付き合いたいと思ってる」

刹那、きっぱりはっきりと言い切られた彼の願望に、胸が大きく高鳴った。

（そっか……。諏訪くんが私を好きでいてくれたってことは……普通はこういうことなんだ）

当たり前の流れなのかもしれないけれど、今の私はそこまで思い至らなかった。

というよりも、諏訪くんがそこまで望んでいると考えていなかったのかもしれない。

「私は……」

私だって、初恋相手だった彼のことを好きだと自覚している。

けれど、イコール付き合いたいか……と尋ねられれば、答えは〝ＮＯ〟だった。

本当は、敦子のように普通に恋をして、大切な人と結婚する未来を夢見ている。

ただ、普通に触れ合えもしない今の状況では、その一歩を踏み出すのが怖かった。

諏訪くんのことは好き。

彼の隣に他の女性が並んでいるところを想像するだけで、胸がズキズキと痛む。

一方で、自分が恋人としての務めを果たせる気がしないことが、私から自信を根こそぎ奪っていった。

私の事情を知った上で『付き合いたい』と言ってくれる諏訪くんは、私にとってはなかなか出会えない素敵な人だけれど……。彼の目線に立てば、私以上にいい人はたくさんいる。

少なくとも、身近にいる篠原さんは魅力のある女性だ。

「うん、わかってる。香月がまだ恋愛に踏み出せるところまで来てないのも、トラウマのせいで怖いって気持ちがあるのも。ただ、俺が知りたいのはそこじゃない」

「えっ？」

「香月にとって、俺は恋愛対象になれる？　それとも、絶対にそうはなれない男？」

「そ、れは……」

素直に言ってもいいのなら、言ってしまいたい衝動に駆られる。

反して、付き合ってもなにもできないのに、本心を打ち明けるのは身勝手に思えた。

「俺は、香月を見てると触れたくなるし、キスしたい、抱きたいって思う。でも、今の香月に同じことを求める気はないよ」

戸惑い悩む私に、諏訪くんが瞳をそっと緩める。

今日初めて見た彼の柔和な微笑みが、グラグラと揺れる私の心を優しく包み込んでくれた。

「香月がそんなことまで考えられないのは当たり前だし、別に今すぐにどうこうしようなんて思ってない。ただ、香月が俺と一緒にいたいと思ってくれる気持ちがあるのなら、不安だけを見るのはやめてほしい」

「でも、先のことなんてわからないでしょ……。私はずっとこんな感じかもしれないし……」

「確かに先のことはわからないし、香月はずっと今のままかもしれない。でも、逆に言えば、今の不安が杞憂に終わるかもしれないってことでもあると思うよ」

「あっ……」

「わからないっていう意味でなら、いい方か悪い方かどっちに転ぶかもわからないってことだ。俺は香月は大丈夫だと思ってる。現に、俺には自分から触れただろ？」

目から鱗だった。

私は悪い方にばかり考えていたけれど、言われてみればいい方に転ぶ可能性だってある。

「それって、香月が俺を男として意識してないからなのかもしれないけど、可能性はゼロじゃないと思わないか？　だから、俺は特に心配はしてないよ」

どうやら諏訪くんは、本当になにも問題視していないようだった。

彼がそう言うのなら大丈夫だと思えてくる。

私は自分が思っている以上に、諏訪くんを信頼しているのかもしれない。

「俺も男だから、やっぱり好きな子には触れたい。でも、香月を傷つけるつもりはないし、香月が俺と付き合ってくれるなら香月のペースで進んでいければ充分だと思ってる。だから、まずは香月の気持ちが知りたい」

（言ってもいいのかな……）

鼓動はさきほどからドキドキと脈打って、もうずっと忙しなく動き続けている。

諏訪くんに想いを伝えるのは緊張するし、不安もたくさんあるけれど……。彼と一緒なら、少しずつでも前に進める気がした。

「私……」

穏やかな眼差しの諏訪くんが、私を優しく促してくる。

「私も……。諏訪くんのことが好きです……」

背中を押されるように想いを紡げば、彼は意表を突かれたように目を大きく見開き、数瞬して顔をくしゃりと歪めて破顔した。

「予想以上だ……」

「え……？」

「振られなければいいと思ってたくらいなのに、香月に好きだって言ってもらえるとは夢にも思わなかった」

諏訪くんは、本当に嬉しそうだった。

そんな風に言ってもらえる資格なんてないと思うのに、胸の奥から喜びが突き上げてくる。

これが自分の一番素直な感情だと自覚したとき、想いをごまかさずに伝えてよかった……と心底思えた。

この気持ちに向き合っていなければ、私は後悔に苛まれていただろう。

「香月」

優しい声に促され、彼を見つめる。

真っ直ぐな視線とぶつかれば、鼓動が大きく跳ね上がった。

「俺、香月を大切にするって約束する。だから、俺と付き合ってほしい」

改めて伝えてくれた言葉が、心をふんわりとくすぐってくる。

上手く言えないけれど、面映ゆいような感覚に笑みが零れ、迷うことなく頷いた。

「うん。……私、上手く付き合えないかもしれないけど、諏訪くんと一緒にいたい」

「上手く付き合う必要なんてないよ。香月は周囲と比べてそんな風に言ったのかもしれないけど、俺は付き合い方なんてそれぞれでいいと思ってる」

「諏訪くん……」

「上手くいかないこともあるかもしれないけど、少しずつ進んでいけばいいんだ。そうやって、俺たちなりの関係を育《はぐく》んでいこう」

いつだって、諏訪くんは私の気持ちを慮《おもんぱか》ってくれる。

私は、彼のようにはできないかもしれない。

けれど、寄り添うことや向き合うことは忘れずにいようと思う。

上手くできないことがあっても、ゆっくりしか進めなくても、きっと諏訪くんなら私を待っていてくれる。

そこに甘えてしまうだけになるのは嫌だけれど、いつか彼に見合う女性になりたい。

そうやって歩んでいけばいいのかもしれない、と思えた。

不意に差し出された右手に、私は瞬きをしたあとで微笑みを浮かべた。

心を整えてタイミングを取らなければ、まだすんなりとは触れない。

それでも、おずおずと触れて握り返した骨張った手は怖くなくて、その温もりに包まれながらほんの少しだけ前に進めた気がしていた——。

◆　◆　◆　Side Sho

湯船に浸かり、適温の湯で身体がゆるりと緩んだところで、ふっと頬が綻ぶ。

やっと、香月を手に入れた。

欲しくて欲しくて、たまらなくて。

けれど、彼女の警戒心を煽らないように自重する日々は常に理性を試されているようで、忍耐との戦いだった。

香月の前では自身の醜い欲をおくびにも出さず、それでいて少しずつ距離を縮めるのは簡単ではなかった。

どこまでなら大丈夫だろうか……と、彼女のボーダーラインを常に探ってばかり。

恐らく香月自身も、どこまでなら大丈夫か……なんてわかっていないのだろう。

彼女は俺の提案を従順に受け入れながらも、触れ合うときにはいつも顔を強張らせ、小さな一歩を踏み出すために必死だった。

そんな姿を毎日見ていれば、告白しようなんてまだ思えなかった。

せめて香月が自分から躊躇なく俺に触れられるようになり、硬い表情を見せなくなるまでは待つつもりだった。

ところが、先日は自ら俺に触れてきたかと思うと、柔らかく微笑んだのだ。

それが赤塚のアドバイスだと知ったときは複雑だったが、少なくとも以前までの香月からは想像できないほどの進歩だった。

だから、もう少し待ってから動くつもりだった。

ところが、彼女は急に出ていくなんて言い出したのだ。

もっとも、香月の主張は至って正常なもの。

おかしいのは彼女ではなく動揺を隠して引き止める俺の方だと、しっかりと自覚もあった。

けれど、ここまで来てそれを受け入れてしまえば、時間をかけて築いてきた香月との関係が振りだしに戻る気がして、とにかく彼女をとどめる理由を探した。

最終的に予定にはなかった展開で想いを打ち明けることになったものの、結果オーライと言えるだろう。

今は香月を引き止めることが先決だと考えていた俺にとって、彼女が俺を好きだなんて想像もしていないことだったからだ。

もちろん、香月に悪く思われているとは感じていなかったが、それでもせいぜい友人の域を出ないだろうと思っていた。

だからこそ、彼女には告白の返事ではなく、『恋愛対象になれるか』という趣旨の答えを求めたのに……。返ってきたのは予想以上の回答で、今の俺が聞けるなんて思いもしなかった、けれどなによりも聞きたかった言葉だった。

とはいえ、香月と付き合えることを手放しでは喜べない。

嬉しいのは山々だが、恋人という関係性がより理性を揺るがしてくるのは想像にたやすく、これまで以上に忍耐を試されることになるだろう。

本当なら、ずっと我慢していた分、本能のままに求めたい。

香月の小さな唇を塞ぎ、唇同士をすり合わせ、食んで。舌を絡めて、口内を侵し尽くし、吐息すらも飲み込みたい。

身を隠す衣服を剥ぎ、華奢で柔らかそうな身体に触れて。ねっとりと舐め、甘く優しく噛んで、ぐちゃぐちゃになるまで乱れさせて……すべてを暴きたい。

そうして、己の中にある欲をぶちまけ、彼女を汚したい。

そこまで考えて、息を深く吐く。

必死に理性的な人間を装っていても、頭の中は薄汚い欲に塗《まみ》れている。

高校時代に香月で妄想していた奴らと、俺も大して変わらない。

こんなこと、清廉な彼女に知られたら幻滅されてしまうだろう。

恋は曲者なんて言うが、感情はもちろん、こういった情欲にまで振り回される今、その意味をまざまざと痛感している。

湯船に浸かっているのとは違う理由で熱を持った下腹部に、大きなため息が漏れる。

浴槽から出た俺は、頭のてっぺんから熱いシャワーを浴びながら欲に囚われる心と身体を諌《いさ》めた。


風呂と夕食を済ませ、いつものようにソファでリハビリと称した触れ合いをしていたとき。

「あの、諏訪くん……。訊いてもいいかな？」

香月が、どこか戸惑いがちに俺を見上げた。

今、そんな顔をされるのはやばい。

なんてことは決して口にせず、俺の様子を窺う彼女に「いいよ」と言って優しく微笑む。

「その……諏訪くんは、いつから私のこと……」

香月は、俺の気持ちがいつから彼女にあったのかを知りたいのだろう。

「明確にはわからないかな。ただ……」

曖昧な笑みを零し、手に軽く力を込める。

香月が肩を小さくびくつかせたが、嫌がっている様子はなさそうだ。

「高校のとき、俺は香月が好きだったんだ」

「えっ？」

大きな目を真ん丸にして驚く彼女に、ふっと笑ってしまう。

「一目惚れとはちょっと違うけど、それに近いものがあるかな。でも、香月は男が苦手だって知ってたし、結局は告白もできなかった。まあ、最後に衝動的にキスするくらいなら、告白する方がよっぽどマシだったんだろうけど」

あの頃から、俺はずっと後悔していた。

傷つけたからこそ一刻も早く諦めるべきだと思いながらも、大人になってからも香月のことが忘れられなくて、なぜ彼女に気持ちを伝えなかったのか……と考えたことは数え切れない。

「あのとき、傷つけてごめん。って、今さら謝られても困るだろうけど……」

「そんな……」

「正直、あんなことをした以上はきっぱり諦めて二度と香月と会うべきじゃないと思ってたし、一度は吹っ切れたつもりでいた。でも、香月と再会したとき、自分の中の香月への気持ちは消えてなかったんだって気づかされたんだ」

かあっと頬を赤らめる香月が、俺から視線を逸らす。

戸惑う表情も可愛くて、腕の中に閉じ込めてしまいたい衝動に駆られる。

「一緒に住むようになって、香月の真っ直ぐさや気遣いができるところとかいいなって思った。香月がいるって思うと早く家に帰りたくなって、出迎えてくれるのが嬉しかった。そういうちょっとした積み重ねで今に至る、っていうか」

「でも、そんなの別に特別なことじゃ……」

「そうかもしれない。でも、俺には特別だったんだ。香月が相手だっていうだけで、全部が特別に思えた。……香月にはわからないかもしれないけど」

苦笑を見せれば、彼女が首を小さく横に振る。

「ちょっとだけわかるよ。だって、私も同じだから。諏訪くんと過ごす時間が楽しくて、諏訪くんがご飯を『おいしい』って言ってくれるのが嬉しくて、どんどん諏訪くんのことが……」

「俺のことが？」

続きを促すように、言い淀んだ香月の顔を覗き込む。

視線を彷徨《さまよ》わせるように俯いていた彼女の頬が、ますます真っ赤になった。

「その……好きになったっていうか……。また、好きになったっていうか……」

「……また？」

その言葉に引っかかり、小首を傾げる。

「あの……実はね、私も高校生のとき、諏訪くんのことが好きだったの……」

ただ、香月の口から『好き』の二文字を聞きたかっただけ。

それなのに、思いもしなかったことを知らされ、意表を突かれてしまった。

「だから、すごく嬉しくて……」

顔が熱い。

高鳴った鼓動が暴れ出し、うるさいくらいに主張してくる。

「あのキスも……恥ずかしかったし、どうしていいのかわからなくて逃げたけど……嫌だったわけじゃないの……」

今日は本当にどうしたことだろうか。

彼女と両想いだっただけでも嬉しいのに、俺の中の最高を更新するようなことが起こった。

喜びでどうにかなりそうで、全身の血液が心臓に集結する。

必死に理性を総動員させていなければ、このまま押し倒すところだった。

「でも、本当に私でいいの？　私は――」

「香月」

たしなめるように、名前を呼ぶ。

その意図に気づいたらしい香月が、困ったように微笑みながらも小さく頷いた。

「諏訪くんは変わってるね」

「そう？」

「うん。諏訪くんなら引く手数多なのに、私みたいに手のかかる人間を選んでくれるなんて、ちょっと変わり者だなって思うよ」

クスクスと笑う彼女のどこかはにかんだような表情が、この場を明るく照らす。

「でも、諏訪くんが他の人を好きにならなくてよかった」

その上で容赦なく心を掴みにこられて、理性がぐらりと揺らいだ。

思っている以上に忍耐を要する事案に早くも遭遇し、今すぐに香月の手を離さないと危険だと頭の中では警鐘が鳴る。

それなのに、彼女が可愛いせいで離れがたくて、ジレンマに苛まれた。

本当に、恋とは曲者だ。

「諏訪くん？」

「……今はあんまり見ないで」

俺の様子を窺おうとした香月から逃げるように、パッと顔を背ける。

刹那、視界の端に映る彼女の顔が再び真っ赤になったのが見えた。

俺たちはまるで中学生のように照れ合い、それでも手を握ったままでいた――。

日付が変わる頃に自室に戻り、パソコンに向かった。

香月を傷つけた平岡という人物のことを、できる限り調べるために。

まだトラウマを抱えているであろう香月ではなく、あえて赤塚に確認すると彼女は自身が知っていることを教えてくれた。

ただ、香月がなにをされたかについては、『志乃は諏訪くんには知られたくないだろうから』と言い、詳細までは話してもらえなかった。

知りたい気持ちはもちろんある。

けれど、赤塚の言い分はもとより、香月の立場を考えれば訊くべきじゃないとも思った。

できればすべてを知った上で平岡を生き埋めにでもしてやりたいが、そんなことをするわけにもいかない。

彼への恨み辛みをこらえ、赤塚の言葉を汲んだ。

多少は苦戦するかと思ったが、平岡を調べるのはとてもたやすかった。

彼は、複数のＳＮＳのアカウントを持っているだけではなく、自身の顔や家族の写真まで上げていて、勤めている美容室の名前まで掲載していたのだ。

ここまで丁寧に身分を書いてくれていれば、少し調べれば自宅の住所くらいはわかる。

俺は、法に触れないように調べ尽くし、しっかりと平岡の情報を手に入れた。

その後、同じ美容室で働く女性たちに接触することにした。

志乃だけが被害に遭っていた可能性もあるが、彼女が辞めた今、他の女性がターゲットになっていないとも限らない……と踏んでのことだ。

ただ、男性である俺がひとりで行けば、警戒心を持たれるだろう。

そこで赤塚に同行を頼んだところ、彼女は『なんでもする！』と快諾してくれた。

香月と付き合うことになった二日後には、赤塚と行動に出た。

閉店後の美容室で待ち構え、できるだけ経験年数の少なそうな女性スタッフから順番に当たっていくと、早々に被害者にたどりついた。

アシスタントである彼女の話では、他にもセクハラに遭っている子がいるという。

脇の甘い平岡のＳＮＳをたどれば、他の被害者に接触するまでにも時間はかからなかった。

その中には香月の後輩にあたるアシスタントもいて、彼女は香月が辞めた直後からターゲットにされているらしい。

そこで、俺は彼女たちに一枚の名刺を渡し、今後のことについて指南した。

どうするかは本人たち次第だが、自分たちが泣き寝入りしたり退職したりするのではなく、加害者を追い詰めることを勧めたのだ。

俺が訴えることはできなくとも、彼女たちにはその権利がある。

そして、なによりも香月のためだった。

被害者たちには知り合いの弁護士を紹介した上で、弁護士には俺からも費用を支払うことを条件に、格安で依頼を受けてもらうことになった。

香月を深く傷つけた憎い男を、正当な方法でぶちのめすために——。

八章　恋は盲目でも、

夏の暑さを忘れ始めた、九月下旬の土曜日の午後。

諏訪くんと付き合うことになってから、一週間が経った。

まさか両想いだったなんて夢にも思わなくて、私の事情を理解した上で私たちのペースで進んでいこうと言ってくれた彼には感謝しかない。

おかげで、あまり身構えることなく、諏訪くんと付き合っていけそうだ。

「志乃」

なんて思っていたのは、初日だけ。

背後に感じた気配に心の準備をする暇もなく、キッチンで包丁を握る私の後ろから骨張った手が伸びてきた。

私の身体に辛うじて触れない位置で、けれどまるで逃がさないとでも言いたげに、全身がすっぽりと諏訪くんの腕の中に収められてしまう。

カウンターに手をつく彼は、そのまま私の顔を覗き込むようにしてきた。

背中に感じる諏訪くんの体温も、わずかに頬に触れる吐息も、私の心を乱していく。

「なにか手伝うことはある？　俺も一緒に作りたい」

ここで動揺してはいけない、と必死に平常心を保とうとする。

そんな私に反し、彼の声音は至って平素のものだった。

「だっ……だいじょうぶ、です……」

ちっとも平静ではいられない私に、後ろにいる諏訪くんがクスリと笑う。

ひとつに緩く結んだ髪のせいで無防備だったうなじに、どこか甘さを孕んだ吐息が触れた。

「志乃の傍にいる口実になると思ったのにな」

「……っ！」

悪戯《いたずら》な言葉が落とされ、うなじを撫でる息遣いに腰が砕けそうになる。

粟立つ背筋を守るように、勢いよく振り返った。

「もうすぐできるからっ……！」

それが失敗だったと気づいたのは、ほんの一秒後。

ばっちりとぶつかった双眸が私を捉え、端整な顔が間近にあることに固まってしまった。

そんな私の反応を楽しむように笑う彼の瞳には、好きと言わんばかりの感情が宿っていた。

この一週間、諏訪くんはとにかく甘い。

優しいのも気遣ってくれるのも変わらないけれど、事あるごとにこうして私に絡んでくる。

彼にからかわれていることはわかるのに、私が身を強張らせないギリギリのラインで踏みとどまるところがずるい。

ドキドキして、胸の奥が甘苦しくて、困ってしまう。

それでも、決して嫌じゃないことがまた厄介で、強くは拒絶できない。

「あのっ、お願いだからあっちで待っててください！」

諏訪くんをキッチンから追い出せば、彼は気分を害する様子もなく笑っていた。

ちなみに、敦子には電話で報告したところ、『やっとくっついたんだ』とあっけらかんと言われてしまい、ドキドキしながら打ち明けた私は拍子抜けした。

もちろん、祝福の言葉もかけてくれたけれど。


「志乃、ドリンクはなにがいい？」

諏訪くんの声にハッとする。

朝からドキドキしすぎていたせいかぼんやりしてしまい、六本木《ろっぽんぎ》にある大型商業施設内の映画館にいることを忘れかけていた。

「俺はアイスコーヒーにするけど」

「じゃあ、同じものにしようかな」

メニュー表も見ずに答えれば、諏訪くんが「ん」と微笑んだ。

甘やかな表情に、胸がキュンと高鳴る。

私たちの前にいる売店スタッフの女性も、頬を赤らめていた。

こういうとき、彼の人たらしな部分が心配になる。

甘い顔は私にしか見せないでほしい……なんて本音は言えないのに、胸の奥には小さな嫉妬が確かにあった。

それを隠せたのかはわからないけれど、映画はとてもおもしろくて、素直に満喫できた。

諏訪くんはどうかと気になってときどき隣を見れば、意外にも普通に楽しんでいたようで、その様子を見てホッとした。

「おもしろかったな」

「うん。でも、意外だった。諏訪くんって、こういうジャンルは観ないかと思ってたから」

なにが観たいかと訊かれたとき、お互いに遠慮し合うように決まらなかった。

そこで上映ラインナップを『せーの』で指差したところ、人気の海外アニメーション作品で一致したのだ。

ただ、今にして思えば、彼はさりげなく私の好みをリサーチしていた気もする。

「俺、基本的になんでも観るよ。映画も本も雑食だし。志乃は？」

「私は邦画が多いかな。漫画は恋愛ものとか、小説だとミステリーが好きだよ」

「俺もミステリーは結構読むな。あ、おすすめの作家がいるんだけどさ」

どんなに些細なことでも、彼のことを知っていけるのは嬉しい。

またひとつ新たな発見があったことに、自然と頬が綻んだ。

「晩ご飯はどうする？　どこかで食べて帰る？」

「諏訪くんの家ってホットプレートとかある？」

「結婚式の二次会で当たったのがあるけど、使ったことはないな」

「じゃあ、お好み焼きでもしない？　あっ、タコ焼きもいいかも」

「いいな、それ。材料を買って帰ろう」

地下に下りると、生鮮食品からスイーツ店が軒を連ねるフロアにはたくさんの人がいた。混み合う時間帯とはいえ、夕方の食料品売り場の人出は侮れない。

「俺の服、どっか掴んでいいよ」

すると、隣にいた諏訪くんが私を見て微笑み、シャツの裾あたりを指差した。

彼を見上げ、再びシャツに視線を戻す。

それを二度ほど繰り返したあと、おずおずと伸ばした右手で大きな左手にそっと触れた。

「……こっちじゃダメ、かな？」

「あ……い、いや……」

諏訪くんの様子を窺うように視線を上げれば、彼は明らかにたじろぎ、動揺していた。

ほんの数秒前の私は、緊張でいっぱいだった。

それなのに、予想だにしなかった諏訪くんの反応に肩の力が抜け、ふっと口元が緩む。

胸の奥でじんわりとした感覚が広がり、鼓動を高鳴らせる心臓のあたりが柔らかな温もりで包み込まれる。

彼のことが好きだな……と感じ、同時にこれが愛おしさだと気づいた。

ドキドキするのに、戸惑う諏訪くんの姿を見ていると幸せで。私の小さな一歩を受け取ってくれることが嬉しくて、それでいて心が温かくなる。

いくつもの感覚が混ざり合って芽生えた〝愛おしい〟という感情が、私の心を優しく満たしていった。

「志乃には、ときどき驚かされるよ」

「私は毎日驚かされてるよ」

諏訪くんのギリギリのスキンシップのことを暗に言えば、「敵わないな」と困り顔になった彼が笑う。

どこか複雑そうなのに、その面持ちには喜びが覗いていた。

（諏訪くんのこういうところ、本当にずるいなぁ）

程なくして、私の手を引いた諏訪くんがゆっくりと歩き出す。

早くも平素の冷静な態度に戻った彼は、さきほどまでの動揺を懐柔したようだった。

自ら仕掛けた私は、早鐘を打つ心臓を諫められずにいるというのに……。やっぱり、諏訪くんには敵いそうもない。

わずかな悔しさとは裏腹に、彼の手から伝わってくる体温に幸福感を抱いていた。

＊　＊　＊

翌週、会社でパソコンに向かっていた私は、ふと手を止めた。

「木野さん、このデータなんですけど、ちょっとわかりにくくて……。この集計、過去のものも一覧にして見られるものってないですか？」

既存のアプリの開発費が纏められたデータを見せれば、木野さんが眉を下げて笑った。

「あるにはあるんだけど、あんまり見やすくないのよ。いずれ作り直したいと思ってるんだけど、うちができてからの六年分のデータだからちょっと大変だし」

「そうなんですね……」

一見すればわかりやすく思えるデータは、会社名ごとに並べられていて日付や費用の大小がわかりづらい。

これでも大きな問題はないものの、日付や費用によっても整理されたものを確認できれば、もっと効率よく業務を進められるはずだ。

「これ、私が作り直してもいいですか？　入力作業だけですし」

「そうね。ついでに過去にうちが手掛けた仕事も確認できるし、やってみる？」

笑顔で「はい」と返し、早速パソコンに向き直って取り掛かった。

簡単な業務だけれど、初めてすべて任された。

それが嬉しくて、張り切ってしまう。

「あ、社長。おかえりなさい」

その数分後、男性社員の声にハッとして顔を上げると、篠原さんとともに出先から戻った諏訪くんの姿が目に入った。

「どうでした？」

「まずまずってところかな。あとで修正箇所を送るからチェックしておいて」

諏訪くんと男性社員の会話が、勝手に耳に入ってくる。

諏訪くんと付き合ってからは特に、私は彼の声を拾うのが上手くなった。

（このままここで働きたいな。仕事はまだまだだけど、人間関係でも困るようなことはないし。でも、もしまた美容師に戻るなら、こうはいかないよね……）

ずるい思考が、それでいいんじゃないか……と囁く。

エスユーイノベーションで働き続ければ、常に諏訪くんの近くにいられる。

人間関係でも、きっと不安や恐怖を感じることはない。

もしそんなことがあれば、彼が助けてくれるだろう。

美容師という仕事に大きな未練はあるけれど、またあんな恐怖感を味わうのが怖い。

逃げ腰で卑怯な気持ちだとしても、この優しい場所にいたいと思い始めるようになっていることに気づいてしまった。

いくら恋は盲目といえども、今の環境に甘んじていてはいけない。

それはわかっているし、こんな風に逃げ道を用意しようとするなんて私らしくない。

美容師を辞めるかどうか悩んでいたときには、もっと苦しい中で努力できていた。

ところが今は、甘く優しくされすぎたせいか、そこに寄りかかる癖がついている。

嫌というほどに理解し、これではいけないと思うのに……。どうしてもここから抜け出す勇気が持てない。

後ろ向きな考えを抱えたまま終業時刻を迎える頃、鵜崎副社長が慌てた様子でやってきた。

「先日の『ムラノ工業』のシステムトラブル、児嶋《こじま》くんが担当したよね？」

ひとりのエンジニアに問いかけた副社長の声で、周囲の空気が一気に強張った。

「は、はい。なにかありましたか？」

「この間と同じパターンで工場のシステムがダウンして、製造ラインが止まったらしいんだ。社長のところに、村野《むらの》社長直々に『どうなってるんだ』って電話が入ってる」

ムラノ工業は、主にエアコンなどに使用する部品を取り扱っている会社だ。

付き合いはまだ二年ほどで、工場の製造ラインの情報システムをうちが構築したはず。

「でも、あれは急激な負荷が原因だったので、復旧作業だけで問題なかったですし、その件についても説明してますが……」

「そうだとしても、半月も経たずにこうなったんじゃ――」

「タケ！　俺、ちょっと行ってくる」

「えっ⁉　なんでお前が⁉　翔は他の業務があるだろ！　行くなら俺が――」

「いいって。こういうときは社長が出ていった方が丸く収まるし」

慌ただしくやってきた諏訪くんの後ろから、篠原さんもついてきている。

ふたりを見て、鵜崎副社長が眉をひそめた。

「でも、お前は先週も他の取引先の対応に出てただろ」

「あっちもちゃんとやるし、村野社長なら俺が対応した方が納得してくれるよ」

諏訪くんはさらっと言い切り、児嶋さんに「児嶋くんも一緒に来られる？」と尋ねた。

青い顔で外出準備を始めた児嶋さんに、諏訪くんが「大丈夫だから」と声をかけている。

副社長は諦めたように息を吐き、慌ただしく出ていった三人の背中を見送った。

「大丈夫かしら。村野社長は気難しい方だし」

ぽつりと呟いた木野さんを見ると、眉を寄せている。

私が気を揉まなくても、諏訪くんなら上手く乗り切るだろう。

そう思う反面、彼がなにかつらい目に遭わないかと不安になる。

けれど、私には無事にトラブルが解決するのを祈ることしかできなかった。


諏訪くんが帰宅したのは、翌朝の六時前だった。

昨夜のうちに【遅くなるから寝てて】と連絡をくれていたものの、まさか朝になるまで帰宅しないとは思っていなかった。

「おかえりなさい」

部屋から出てリビングに行くと、「ただいま」と疲労混じりの笑みを返された。

「ごめん、起こしちゃったか」

「ううん、目が覚めてたから」

本当は、彼が心配で眠れなかっただけ。

それを口にすると気を遣わせてしまうから、笑顔で「お疲れ様」と労った。

「少しでも眠る？」

「いや、仮眠を取ると起きられない気がするから、シャワーだけ浴びて出るよ。今日は金曜だし、帰ってからゆっくり過ごす」

腕時計を外した諏訪くんは、バスルームに向かった。

その背中を見送ったあとでキッチンに行き、食欲がなかったとしても少しでもなにか口にしてほしくて鍋を出した。

こういうとき、無力だと思う。

私にできるのは食事を出すことくらいで、彼の仕事を手伝うことも気の利いた言葉もかけられない。

「なんかいい匂いがする」

落ち込みかけていると、タオルで髪を拭きながらキッチンに顔を出した諏訪くんが気が緩んだような微笑を零した。

「卵雑炊を作ったの。食べられるかな？」

「ん、サンキュ。あんまり食べる気分じゃなかったけど、お腹空いてきたかも」

嬉しそうに瞳をたわませた彼は、私の頭をポンと撫でてからソファに行き、息を吐きながら腰を下ろした。

最近は随分とスキンシップにも慣れてきて、これくらいなら身構えることもなくなった。

むしろ、喜びの方が大きい。

なんてことを考えながら雑炊をよそった器をテーブルに置き、諏訪くんを呼ぶ。

彼の体調は心配だったものの、ひとまず普通に食べてくれてホッとした。

「雑炊って久しぶりに食べたな」

「本当？　私、昔から好きで、よく作ってたんだ」

ご飯と水を調味料で煮込み、溶き卵を回しかけて刻んだねぎを散らすだけの簡単なもの。

今日はだし汁と醤油ベースで作ったけれど、一人暮らしのときはめんつゆで代用していた。

食欲のないときや体調が悪いとき、それに精神的に参ってしまったときでも、この卵雑炊だけは少しは食べることができ、随分と助かったものだ。

「いいな、これ。食べやすいし、なによりもうまい」

「よかった。おかわりもあるよ」

「じゃあ、もらおうかな。これならいくらでも食べられそうだし」

頷きながら、安堵の笑みが零れる。

トラブルがどうなったのかはもちろん、諏訪くんの体調が心配だったけれど、彼はおかわりした分も綺麗に平らげてくれた。

その後、いつも通りに出勤すると、社内は昨日の一件で持ち切りだった。

それだけ、みんなが心配していたんだろう。

『心配しなくていいよ。トラブルは解決したし、村野社長とも和解できたから』

家を出る前にそう言っていた諏訪くんは、詳しくは語らなかった。

だから、私も詳細は知らなくて、出社してから状況を確認できたのだ。

説明してくれた児嶋さんいわく、『諏訪社長が村野社長に真摯に頭を下げて、すぐにバグを解明した』のだとか。

そして、諏訪くんが先方に残ってほぼひとりで復旧作業を行い、児嶋さんは会社に戻って遠隔で操作していたらしい。

深夜一時頃に会社に戻ってきた諏訪くんは、児嶋さんと篠原さんを帰らせ、自分だけ残ったようだった。

「さすが社長だなー」

「学生時代に起業したってだけでもすごいけど、初期の頃のアプリやシステム開発はほとんどひとりでしてただけあるよね」

「副社長もすごいけど、やっぱり社長は別格だよな」

エンジニアたちはそのすごさが肌でわかるからか、諏訪くんのことを口々に褒め、そこから〝社長のかっこいいところ〟と題したくなるような会話が続いた。

木野さんたち事務員の面々は、口は挟まないものの相槌を打っている。

そんな社員たちを前に、彼がいかに尊敬されているのかがよくわかった。

褒められているのは諏訪くんで、私はただそれを聞いているだけ。

けれど、恋人がこんなにも素敵な人だと改めて実感でき、心の中にはつい誇らしげになる私がいた。

今夜は、諏訪くんのリクエストでハンバーグを作った。

チーズ入りのハンバーグにデミグラスソースをかけた、少し贅沢な一品だ。

彼の味覚はどこか子どもっぽいところがあって、たとえばエビフライや唐揚げといったメニューを筆頭に、カレーやハンバーグなんかも好物らしい。

前に作ったグラタンやビーフシチューも気に入っていたようだけれど、群を抜いてハンバーグが好きだと話していた。

今日はさらに手間をかけてチーズも入っているから、喜んでくれるだろう。

チーズインハンバーグが好きなこともリサーチ済みだ。

数十分後に帰宅した諏訪くんは、すぐにハンバーグを見て瞳を緩め、チーズ入りだと知るといっそう嬉しそうにした。

予想通りの反応に、私も笑顔になる。

「家でこういうのが食べられると思わなかったな」

「喜んでくれてよかったよ」

「ありがとう。でも、俺は志乃の笑顔に一番癒やされるから、志乃がいてくれれば充分だ」

ふわりと弧を描いた瞳で私を見つめ、甘い笑みを向けてくる。

疲労困憊《ひろうこんぱい》しているかと思いきや、彼は今夜も私の心を捕らえて離さない。

ドキドキと高鳴る鼓動を隠すように俯きつつも、素直に喜んだ私の頬が綻んでしまう。

諏訪くんは、それ以上はなにも言わずに笑顔でハンバーグを味わっていた。

なんとなくむずがゆい雰囲気の中、彼と他愛のない会話をしながら夕食を平らげた。

「そうだ、諏訪くん。よかったら、ヘッドスパしない？」

「えっ？」

唐突に提案した内容が不思議だったらしく、諏訪くんはきょとんとしている。

多忙な彼にしてあげられることはないかと考えたとき、ヘッドスパが思い浮かんだ。

手元には市販のシャンプーやトリートメントしかないけれど、少しは疲れが取れるはず。

美容師だったとき、仕事だとわかっていても男性のお客様に触れるためには身体を近づけなくてはいけないから緊張したし、少しだけ怖かった。

今も異性に触れるのはまだわずかに躊躇してしまうものの、諏訪くんならその心配もない。

「諏訪くんの家の洗面台、すごく広いでしょ。前からヘッドスパができそうだなって思ってたの。ダイニングチェアを持って行ってみたら高さもなんとか合いそうだし、頭がすっきりすると思うからどうかな？」

笑顔で訊いてみれば、彼が喜びと申し訳なさを同居させたように笑った。

「それは嬉しいけど、志乃だって疲れてるだろ。昨日は俺の帰りを待ってあまり眠れてないだろうし、そんなに気を使わなくてもいいよ」

「そうじゃないよ。私はただ、諏訪くんのためになにかしたいなって思ったの。だから、むしろやらせてほしいっていうか……」

食い下がる私に、諏訪くんが頬を綻ばせる。

直後、「じゃあ、甘えようかな」と口にした彼は、その面持ちに喜色を浮かべていた。

諏訪くんにはお風呂に入ってもらい、身体が解れた状態でヘッドスパをすることになった。

彼がバスルームから出てきたタイミングで洗面台に行き、ダイニングチェアを使ってシンクの傍に頭を置いてもらう。

ただ、私が自分で試したときよりも、少しばかり窮屈そうだった。

腰にはクッションを置いているけれど、諏訪くんとの身長差の分、体勢に無理があるのかもしれない。

「腰や首が痛くなりそうだったら言ってね」

頷きながら「大丈夫だよ」と笑った彼の目の上と首の下に、ホットタオルを置く。

「もうすでに気持ちいいんだけど」

「施術はこれからですよ、お客様」

「じゃあ、お願いします」

「かしこまりました」

ごっこ遊びのようなやり取りのあと、シャワーに切り替えた蛇口からお湯を出し、適温になったところでゆっくりと髪を濡らしていった。

「お湯加減、熱くないですか？」

「……ん、大丈夫」

息を短く吐いた諏訪くんに安堵し、彼の体勢を気にしつつも泡立てたシャンプーで頭皮をマッサージするように髪を洗っていく。

「ああ……めちゃくちゃ気持ちいいなー……」

「まだ始まったばかりだよ」

「ん～……」

気の抜けたような返事に、笑みが零れる。

リラックスしてくれているようで、ひとまずホッとした。

一度シャンプーを洗い流し、再びよく泡立てて丁寧に洗う。

指の腹で頭皮を揉むように、けれど力を入れすぎないように。

「かゆいところはございませんか？」

「うん。でも寝そうだ……」

「いいよ、寝ても。終わったら起こしてあげるから」

「もったいないからやだ」

どこか子どもっぽくなった口調に、ふふっと笑ってしまう。

なんだか可愛くて、心がくすぐられる。

「トリートメントもするね」

ところが、しばらくして声をかけると、諏訪くんからの返事はなかった。

どうやら微睡《まどろ》み始めたようで、呼吸音が寝息に変わっていく。

起こさないように静かにトリートメントを手に出し、優しく揉み込んでいったあとでじっくりと頭皮をマッサージした。

私が働いていたサロンのヘッドスパは、一番人気のアロマスパを始め、クレイスパなどがあり、どれも三十分以上のコースから承っていた。

ただ、サロンのようなチェアを使用していないため、同じ時間だけするとあとで腰や首が痛むかもしれない。

それを懸念し、二十分ほどで終わらせた。

起こすのは可哀想だけれど、このままというわけにはいかない。

規則的な寝息を立てる彼の唇を見ながら、控えめに「諏訪くん」と呼んだ。

「終わったよ」

「……ん」

曖昧な返事を紡ぐ唇とは裏腹に、諏訪くんが起きる気配はない。

それどころか、彼は再び寝息を立て始めた。

形の綺麗な唇が、小さな吐息ともつかない呼吸を繰り返す。

ただの寝息なのにやけに色っぽく思えて、諏訪くんの唇に見入ってしまった。

(いつか、キス……とかしちゃうのかな？　卒業式のときにもしたけど、あれは事故っていうか……付き合ってる今とは状況が違うし)

心の中で呟いた言葉に、頬がボッと熱くなる。

未だに自分から触れにいくときは心構えが必要で、彼に触れられるときにも緊張するのに、最近はこんな想像をしてしまうことが増えた。

(私、変だよね……。こんなこと考えてるなんて……。でも……)

不思議だけれど、前みたいに諏訪くんとの先を想像できない……なんてことはない。

彼とのスキンシップを、唇が触れるその瞬間を、密かに何度も想像している。

外で手を繋いだあの日からは特に拍車がかかり、自然と諏訪くんの唇に目がいくようになって、無意識に自分の唇に触れていることもある。

(なんでこんなこと考えちゃうんだろ……。諏訪くんは私に合わせてくれてるのに……)

邪念を追い払うがごとく頭をぶんぶんと横に振り、息を大きく吐く。

もう一度声をかければ、彼はようやく意識が覚醒したようだった。


「髪まで乾かしてもらって、至れり尽くせりだったな。ありがとう」

「ううん。少しは解れたかな？」

「うん。首とか肩もマッサージしてくれたから、頭がすっきりした。心なしか、視界もクリアな感じがする。本当に気持ちよかったよ」

実のところ、いくら諏訪くんが相手でも上手くできるか心配だった。

私には、すでに半年以上のブランクがある。

技術面への不安はもちろん、彼を相手にフラッシュバックでもしたら、もうこの先ずっと美容師には戻れない気がして怖かった。

だからこそ、すべてが杞憂に終わったことに胸を撫で下ろす。

諏訪くんの傍にいたい気持ちやトラウマから、今の仕事を続けたいと思っていた。

それなのに、こうして安堵するということは、やっぱり美容師に戻りたいというのが一番の本心なのかもしれない。

なによりも、喜んでくれた彼を見ていると、私は美容師という仕事が本当に好きだったんだと明確に思い出せた。

「志乃と同じシャンプーの匂いがするっていいな」

破顔した諏訪くんは、私の髪を一束取って指先でクルクルと弄んだ。

直接肌に触れられているわけじゃないのに、なんだかくすぐったい。

ついさきほど変な想像をしていたせいか、妙にドキドキさせられた。

「志乃」

「はい……」

緊張を隠せなかった私に、「なんで敬語?」と彼がクスクスと笑う。

楽しげで幸せそうな表情に、胸の奥がキュンと締めつけられた。

「キス、してもいい?」

予想だにしていなかった言葉に固まってしまう。

その意味を理解するまでに時間を要し、状況を把握したときには頬が熱くなっていた。

諏訪くんはきっと、私がわずかでも拒絶を見せれば絶対に無理強いはしない。

彼なら間違いなく、笑顔で『無理しなくていいよ』と言ってくれる。

(でも、私……)

触れたい。

何度も想像した、諏訪くんとのキス。

脳内シミュレーションではいつも、不安や恐怖を感じることはなく、ドキドキしていた。

そんな風に感じるようになったのはいつだっただろう。

わからないけれど、最近はそう思うようになっていた。

だから、恥じらいを隠せないまま小さく頷いてみせる。

刹那、彼が穏やかに瞳を緩め、首を縦に振った。

伸びてきた骨ばった手が、そっと頬に触れる。

何度もリハビリをした中で、こんなにも緊張したことはなかったかもしれないけれど、不安や恐怖はなかった。

端整な顔が近づいてきたのは、その一秒後のこと。

真っ直ぐな双眸が私を捉え、至近距離に見えた諏訪くんの顔がぼやけた直後、お互いの唇が静かに重なった。

労わるように大切に、それでいてしっかりと触れていることがわかる強さで。強引さはないけれど、たぶん控えめでもなかった。

甘さと切なさを孕んだような、優しいキス。

閉じた瞼の裏で、あの頃に叶わなかった初恋が鮮やかに色づいて綻んでいく。

当時のキスとは違って想いが通じ合っているからこそ、胸の奥から喜びが突き上げてきた。

ゆっくりと顔が離れておずおずと瞼を開ければ、優しい笑顔が私を見つめていた。

「好きだよ、志乃」

「……うん。私も……諏訪くんがすごく好き」

胸を突き破りそうなくらい心臓がうるさくて、呼吸が上手くできなくて。動揺と緊張でいっぱいいっぱいなのに、心は幸福感で満たされていく。

「あー、やばいな。もっとキスしたくなった」

「……っ」

ほのかに頬を赤らめた諏訪くんの、真っ直ぐな視線。

逃げられないと悟って息を呑みながら、逃げたくないと感じている私がいることに気づく。

それを声にするのは恥ずかしくて、縋るように彼を見つめ返しながら大きな手をギュッと握った。

直後、再び唇が触れ合った。

そのまま何度も唇が重ねられ、十月の静かな夜の中で甘く優しいキスを繰り返した――。

九章　雲となり雨となるとき

「本当に買っちゃったの？」

「うん。ダイニングチェアだと思う存分くつろげないから」

十一月も終わる、土曜日の昼下がり。

諏訪くんの家に届いたものを見て目を丸めた私に、彼はなんでもないことのように笑った。

「だからって、オーダーメイドなんて」

「しっくりくるものがなかったし、欲しかったからいいんだ。畳める設計にしてもらったから邪魔にならないし、別に他の部屋で使ってもいいし」

あの日を機に、毎週末ヘッドスパをしてあげるようになった。

諏訪くんが喜んでくれて嬉しいし、私にとっても練習になる。

彼になにかしてあげたいから一石三鳥だと思っていたけれど、まさかオーダーメイドで専用のチェアを買うとは思っていなかった。

「そりゃあ、諏訪くんの家は広いから、置く場所には困らないだろうけど……」

「だからって志乃にずっとヘッドスパをしてもらうつもりはないし、負担は感じないでほしい。

それよりさ、その『諏訪くんの家』って言うの、そろそろやめない？」

「えっ？」

「俺としてはもう付き合ってるんだし、同居じゃなくて同棲の感覚なんだ。でも、志乃はいつも『諏訪くんの家』って言い方をするから寂しいんだけど」

拗ねたような表情で私を見る諏訪くんに、鼓動が高鳴る。

こういう顔をするときの彼は、なんだか可愛くてずるい。

「でも……私は家賃だって払ってないし……」

「恋人からそんなもの取る気はないし、俺が志乃と一緒にいたいからいいんだよ。だいたい、志乃は毎日おいしいご飯を作ってくれてるし、俺を思いやってくれるだろ。それで充分だ」

そう言ってくれた諏訪くんは、本当に私にはもったいないくらい優しくて素敵な人だ。

自分のことを話すのは苦手なのに、彼とのことだけはみんなに自慢したくなる。

もっとも、会社でも付き合っていることは打ち明けていないけれど。

「諏訪くんって、すごく甘やかしてくれるよね」

「志乃だけだよ」

言い終わると同時に、唇にふわりとくちづけられた。

不意を突かれたキスはもう数え切れないほどされているのに、未だにたじろいでしまう。

そのたびに柔和な笑みを浮かべる諏訪くんを見ると、幸せだなぁ……としみじみ思うのだ。

「せっかくだし、この椅子使ってみない？　新しいアロマオイルを買ったから、リクエストがあればブレンドするよ」

「志乃に任せる。俺、志乃がブレンドしてくれるやつが好きなんだ」

そんな風に言われると、素直に喜びを感じて心がほっこりする。

暖かい日や疲労がたまっていそうなときはミント系ですっきり……とか、寒くなってきたから甘めの柑橘系やラベンダーで……という感じで調合しているだけ。

それでも、彼が毎回ブレンドやヘッドスパの技術を褒めてくれることが嬉しくて、美容師への未練が日に日に膨らんでいた。

＊　＊　＊

寒さが厳しくなった、十二月初旬の土曜日。

小さなカフェで、久しぶりに敦子と会えた。

彼女は引っ越しに加え、式場巡りや両家への挨拶で忙しい日々を送っていた。

そのため、最近は電話とメッセージでのやり取りばかりだったのだ。

ちなみに、結婚式の日取りは来年の七月らしい。

改まってお祝いを伝えれば、数日前に名字が清水《しみず》になった敦子が幸せいっぱいに微笑んだ。

「これ、お祝い。こっちは諏訪くんと私から」

「諏訪くんからも!?　嬉しい、ありがとう！」

私からはリクエストされていたプリザーブドフラワーがあしらわれた壁掛け時計、諏訪くんと共同のものは彼女のお気に入りのブランドのペアグラスにした。

「式場も決まってよかったね」

「うん、なんとかね。喧嘩が絶えなくてどうなるかと思ったけど」

「でも、幸せそうでよかった」

「その言葉、そのまま返すけど」

にんまりと笑った敦子が、「幸せオーラが滲み出てるよ」とからかってくる。

「諏訪くんには飲み会のときにはっきりと『協力してくれ』って言われたから、志乃は捕まっちゃうだろうなぁと思ってたけどさ。こんなに幸せそうな顔してる志乃が見られて嬉しいよ」

彼女が心配してくれていたことを知っているから、その言葉には重みがある。

自分でもわかるくらい、今の私は幸福感で満たされているから。

「それにしても、好きな人と同居してて手を出さなかった諏訪くんはすごいよね。忍耐も理解力もあるし、そういう男はなかなかいないよ。志乃とゆっくり向き合って、志乃に恐怖心を感じさせずに堕とすなんて、よっぽど志乃が大切なんじゃない？」

第三者からそんな風に言われると、諏訪くん本人の口から想いを聞くよりも照れくさい。

それでも嬉しくて、こらえ切れずに笑みを零してしまう。

「志乃、すごく可愛くなったね。もともと可愛いけど、愛されて満たされてるっていうか、笑顔が増えたし纏う空気が柔らかくなった。それに、すごく明るくなったよ」

「そ、そうかな……」

素直に受け取るのは恥ずかしいけれど、敦子があまりに穏やかな笑みを浮かべるものだから、否定しづらくなって苦笑が漏れる。

「うん。いい恋ができてよかったね」

真っ直ぐな視線を受け止めて笑顔で大きく頷けば、彼女は安堵と喜びの混じった顔をした。

「ところで、もうキスくらいした？」

「……っ！　ちょっと、こんなところでなに言ってるの！」

「その反応はしたんだ。わかりやすいなぁ」

突然のことに平静を装う暇もなく、敦子に見透かされたことでさらに動揺する。

慌てふためく私に、彼女がふっと目元を緩めた。

「よかったじゃない。正直、美容師を辞めた頃の志乃はコンビニですれ違う男性にも身体を強張らせてたから、うちを出たときはすごく心配だったけど、愛の力は偉大だね」

「あ、愛って……」

「なにか間違ってる？」

自信に満ちた面持ちの敦子に、少しの間を置いて首を横に振る。

なにも間違っていない。

諏訪くんの愛情が私の心を癒やし、トラウマの中にいた私を救い出してくれたのだから。

「もう大丈夫そうだね」

トラウマと言っても、私はきっとまだ軽い方だった。

そして、彼のおかげで少しずつ立ち直り、今は心から笑えている。

それをわかっているからこそ、迷うことなく首を縦に振った。


帰宅すると、ジムに行くと言っていた諏訪くんが先に帰っていた。

「結婚祝い、喜んでくれてたよ」

「ああ、さっき赤塚……じゃなくて清水からお礼のメッセージがきたよ」

「そっか。っていうか、赤塚のままでいいんじゃない？」

「まあそうだな」

ふとソファを見ると、私が好きな作家の文庫本が置いてある。

私の視線に気づいた彼が、それを手に取った。

「昨日、志乃がおすすめしてくれただろ？　ジムの帰りに本屋で買って、帰ってきてからずっと夢中で読んでた。もう少しで読み終わるところなんだ」

「じゃあ、水を差しちゃったね。邪魔してごめんね」

「そんなことない。志乃が最優先事項だよ」

私の目を真っ直ぐ見て微笑む諏訪くんに、胸の奥がキュンと震える。

まだ夕日が街を染める時間帯だというのに、昼夜を問わない彼の甘さは今日も変わらない。

「諏訪くんって、恥ずかしげもなくそういうこと言えちゃうよね」

「だって、志乃にもっと俺を好きになってほしいからな」

「……っ」

「付き合ってても、まだまだ俺の想いの方が大きい。だから、志乃がもっと俺に夢中になってくれるように必死なんだ」

私の頬に手を添えた諏訪くんが、甘い笑みで私を見つめてくる。

けれど、その中には鋭く光るものが見え隠れしていた。

キスの予感に瞼を閉じれば、数瞬して唇が塞がれた。

触れるだけの優しいくちづけに、私の中で幸福感が広がっていく。

だからこそ、唇が離れると寂しくなって、遠のいた温もりに追い縋るように彼を見上げた。

困ったような顔をした諏訪くんが、小さく笑う。

頬に置かれたままの手が動き、愛おしげに撫でられた。

「もう一回しようか」

私の願いを察したのか、優しく囁いた彼の顔が近づいてくる。

再び瞼を下ろせば、唇にキスが落とされた。

きっとまた、すぐに離れてしまう。

そんな予想をした私が寂寥《せきりょう》感を抱くよりも早く、温かいものが唇に触れた。

それが舌だと気づく前に、唇をぺろりと舐められる。

驚いて開けてしまった目を丸くすれば、今度は唇を食まれた。

ややわと感触を楽しむように、それを繰り返される。

その行為に翻弄されているうちに、半ば強引に唇がこじ開けられた。

「……っ、ん、っ」

漏れた吐息が口腔の力を緩ませ、あっという間に熱い塊を受け入れてしまった。

舌が歯列をゆっくりとたどり、口内を探るようにうごめく。

同時に動かされた骨張った手は、私の髪や頬を労わるように撫でてくる。

呼吸の仕方がわからなくなった私は、これまでとは違うキスに戸惑いを隠せない。

反して、身も心も拒絶していないことは明らかで。心臓はバクバクと鳴り響き、緊張で身体が上手く動かせないのに、胸の奥からは喜びが突き上げてきた。

触れてくる手が優しい。

熱を持った唇は強引だからこそ、そのギャップに思考がついていかない。

少しばかりの優しさを残しつつも、容赦なく口腔を暴こうとする。

その現実に脳芯がクラクラと揺らめき、息が苦しくなり始めたとき、舌を捕らえられた。

目尻から零れる涙が、頬を伝う。

酸素が足りないせいか、思考がとろけていくせいか、息が苦しいのに……。嫌とは思っていないことはわかっていて、縋るように諏訪くんの服を掴んでしまった。

「んんっ……！」

刹那、絡まったばかりの舌を吸われ、くぐもった声が漏れ出た。

長く深いキスに、脳がぼんやりとしていく。

思考はまともに機能せず、彼の行為を受け止めることしかできない。

呼吸もままならなくなって限界を感じれば、ようやく唇が解放された。

「ごめん……。止められない、かも……」

わずかな涙が滲んだ視界に、諏訪くんが映る。

熱を孕ませた双眸で私を見つめてくる彼は、背筋が粟立つほどに色気を醸し出している。

その艶麗な面差しに、反射的に息を呑んだ。

下腹部に得体の知れないものがズクン……と響く。

じくじくとした正体のわからない感覚に困惑していると、腰をするりと抱き寄せられた。

布を隔てただけの体温が伝わってくる。

じん、と痺れるように身体が震え、感じたばかりの感覚が〝疼き〟だと知った。

「……うん。止めなくて、いいよ」

羞恥と不安が声を小さくさせたけれど、諏訪くんは聞き取れたようだった。

端整な顔が驚きでいっぱいになり、程なくして優しい笑みを湛える。

「きゃっ……！」

直後、身体が宙に浮き、彼にお姫様抱っこの状態で運ばれた。

「大丈夫だから、そのままでいて」

連れて行かれたのは、これまで入ることがなかった諏訪くんの寝室。

それがふたりの間で暗黙の了解になっていたのは、彼が私を気遣ってくれていたから。

モノトーンカラーで整えられたシンプルな部屋は静寂に包まれ、お互いの呼吸音すら鮮明に聞き取れる。

そんな中、大きなベッドに下ろされた。

「……怖い？」

少し考えて、首を横に振る。

不安はあるけれど、不思議なくらい恐怖心はない。

むしろ、心と身体はもうとっくに諏訪くんを受け入れる準備を整えていた気がする。

「なにも考えないで。俺だけを見て、俺だけを感じて」

それを上手くできるかはわからない。

ただ、もしできなくても、彼はきっとそんな私のことすらも受け入れてくれる。

「うん……」

諏訪くんへの信頼と想いがそう確信させ、迷うことなく頷けた。

明るかった部屋がダウンライトに切り替えられ、密やかな蜜戯にふさわしい空間になった。

髪を梳かすように何度か撫でた手に、頬をそっと包まれる。

他の男性なら怖くても、彼のものだというだけで安心できる。

優しく労わるように触れてくれるから、もっと触れてほしいとまで思う。

唇にくちづけが落とされ、ベッドに身体を横たえさせられれば、私に覆い被さる諏訪くんの重みを感じた。

やっぱり怖くない。

それどころか、触れ合えることが嬉しい。

さきほどのような深いキスに変わっていき、頬にあった手が首筋をたどる。

くすぐったさにも似た感覚なのに、キスのせいかその感触のせいか吐息が漏れた。

「志乃、好きだよ。志乃が思ってるよりもずっと、志乃が好きだ」

私が苦しくなる前に唇が離れ、額にそっとくちづけられる。

次いで瞼や頬、こめかみにもキスが落とされていった。

その間にいとも簡単にニットを剥がれ、ブラウスのボタンもすべて外されていき、彼に下着姿をさらした。

羞恥心はあるし、心臓はうるさいくらいに暴れているけれど、諏訪くんの言いつけを守るように彼だけを感じようと意識する。

それはそれで恥ずかしいのに、視線が交われば自然と笑みが零れていた。

諏訪くんの唇が、首筋に優しく触れる。

まるで壊れ物を扱うようなくちづけに、胸の奥がキュンと震えた。

鼓動がうるさくて、初めての感覚に息が止まりそうで……彼の動きを意識させられる。

どうしようもないくらいにドキドキして思わず瞼を閉じれば、首筋をなぞる唇の感触がいっそう鮮明になった。

首筋や鎖骨に触れていた手が、胸の膨らみにそっとたどりつく。

目立つそこがずっとコンプレックスで、異性からの目が怖かった。

それなのに今は、諏訪くんの体温に安堵感に似たものを抱いている。

ただ、緊張していないわけじゃない。

下着の上から触れられるだけで拍動が大きくなって、胸を突き破りそうなほど暴れる心臓が痛かった。

「志乃の心臓、すごい」

思わず息を詰めたとき、諏訪くんの楽しげな声が落ちてきた。

「……っ、だって……」

反射的に目を開けて眉を下げれば、彼の優しい眼差しが愛おしそうに私を見つめていた。

「……でも、俺も同じだよ。ほら」

私の手を取った諏訪くんが、自身の胸元に誘導する。

そこに触れると、ドクンドクンと高鳴る心音が手のひらに伝わってきた。

「……志乃よりすごいかも」

照れくさそうに笑う彼は、あれほど輝いていた青春時代なんて目じゃないくらいに眩しい。

呼吸を忘れるほどに見入っていると、ブラのホックが外され、胸を隠していた布地を取り払われてしまった。

「……ぁ……っ」

怖くない。

覚悟だって決まっている。

それは嘘じゃないのに、押し寄せてくる羞恥で顔が真っ赤になったのがわかった。

諏訪くんは、私の双丘に視線を注ぎながら形を確かめるようにゆったりと撫で、恍惚混じりに目を細めた。

「想像よりずっと綺麗だ」

「やだっ……」

そんなこと言わないで……とか細く零した私に、彼が唇の端を持ち上げる。

「ダメ。今日は手加減するけど、俺が志乃のことをどれだけ想ってるのかくらいはちゃんと知ってほしいんだ」

手加減する、とか。気になる言葉はあるけれど、それよりも諏訪くんの手に包まれる膨らみがやわやわと揉みしだかれている現実に、頭がクラクラする。

そんな私を追い詰めるように、節くれだった指が双丘の先端をそっとこすった。

「あ、ッ――」

甘く微弱な痺れが、小さな果実から下腹部に広がっていく。

震えた唇の隙間から声が漏れると、彼の瞳に宿っていた熱がいっそう濃くなった。

骨ばった手が胸全体を揉みしだき、かと思えば指の腹で蕾を転がして刺激を与えてくる。

密やかだった痺れがどんどん膨れていき、いつしかこれが快感なのだ……と気づかされた。

「……嫌？」

「ちがっ……！　でも……」

嫌なわけじゃないけれど、渦巻く快楽の中で緊張と戸惑いも混ざり合い、どうすればいいのかわからない。

諏訪くんは、私の気持ちを見透かすように微笑むと、唇にチュッとくちづけた。

「じゃあ、ひとまずキスに集中して」

酸素を求めようとした刹那、熱塊が口の中に押し入ってきて。どこか忙しなく口内を這い回り、無意識に引っ込めていた舌を捕らえられた。

舌先が私の舌をかたどるようになぞり、ゆっくりと搦め取られていく。

熱や呼吸すらも奪うように舌を吸い上げられ、くぐもった声が漏れた。

くちゅっ、と響く水音が鼓膜を犯す。

粘膜同士が絡み合う感触が、いっそう鮮明になった。

キスに意識が奪われかけたところで、緩やかに動いていただけだった大きな手が再び双丘を捏ね、もう片方の先端が摘まみ上げられる。

彼に唇を奪われたままの私は、喉を仰け反らせながら身体を戦慄かせた。

キスの合間に甘い声が漏れるのも、なにも身に纏っていない素肌に触れられるのも、恥ずかしくてたまらない。

反して、身体が覚えたばかりの疼きをいっそう強くし、下腹部がじんじんと痺れた。

そうして思考が溶け始めていたとき、不意に離れた唇を探すように無意識のうちに閉じていた瞼を開いた。

諏訪くんの気配を追って視線を下げた瞬間、声にならない声が漏れる。

視界に飛び込んできたのは、胸元に顔を寄せる寸前の彼の姿だった。

「――っ⁉　……やっ……！」

伸ばされた舌が突起を舐め上げ、やんわりと食まれる。

生まれて初めて知った感覚に涙が零れ、腰が大きく震えた。

指で触れられていたときとは比べ物にならない刺激に襲われ、下腹部で疼く熱をどうすればいいのかわからなくて、少しだけ怖くなる。

「志乃、大丈夫だから。なにも怖くないよ」

けれど、彼は私が不安を覚えた瞬間を見透かすように囁き、頭をそっと撫でた。

小さな子をあやすような仕草に、負の感情が溶けていく。

柔和な眼差しに見つめられ、強張っていた心がふっと緩むのがわかった。

諏訪くんはいつも、絶妙なタイミングで私の胸の内を読み取り、落ちていきそうな心を掬い上げてくれる。

強引なところもあるのに、私の小さな変化を見逃さず、私の気持ちを一番に考えてくれる。

「うん……」

そんな安堵感から小さく頷けば、彼が額同士をこつんと触れ合わせた。

ゼロ距離で見つめる諏訪くんの表情はぼやけているけれど、優しい笑みを浮かべていることがわかって、私からも自然と微笑が漏れた。

そのまま唇が重なり、触れるだけのキスが繰り返される。

戯れているようでいて甘さを孕む行為が心地よくて、再び胸に下りた骨ばった手を自然と受け入れていた。

優しく触れて、少し強く掴んで。キスを解いた唇で、小さな先端を舐めて。

まるで弱いところを探るように、彼が私を暴いていく。

太ももを撫で始めていた手にスカートを剥がれたときには、ショーツだけになった全身を諏訪くんにさらしていることがどうしようもなく恥ずかしかった。

反面、さきほど感じたような恐怖心や不安はなくなっていて、彼に触れられていることに喜びを覚え始めている。

それだけ諏訪くんのことを信頼しているのだと、身をもって感じた。

彼は唇を離すと、私を見据えるようにしながらショーツの上から秘所をそっと撫で上げた。

わずかな水音を拾った鼓膜から、羞恥が膨れ上がる。

刹那、これまでで一番大きな痺れが頭のてっぺんまで突き抜けた。

「あぁっ……!」

甘ったるい声が、頭の芯にまで響く。

布越しに軽く引っかかれているだけとは思えないほどの強烈な快感が、小さく跳ねる全身を襲ってくる。

思わずのたうつように腰を引けば、諏訪くんの手がショーツを引き下ろし、最後の一枚の布を剥ぎ取ってしまった。

「やっ……」

これでもう本当に、私の身体を隠すものはなにもない。

泣きたくなるほどの恥ずかしさの中、今度は剥き出しのあわいに指が戻ってきた。

自分のものとは思えないほどの甲高く甘い声に、ひどく淫靡な水音。

彼が節くれだった指を動かすたびに、クチュッ、くちゅんっ……と耳を塞ぎたくなるような音が零れる。

諏訪くんの瞳には熱と愛欲が混ざり合い、うっとりとした笑みを浮かべていた。

「ひっ、ぅ……あぁ……ッ」

秘唇の上の部分。その小さな芽を捏ねられると、もうどうしようもなかった。

腰を震わせる私に覆い被さる彼が、花芽をクルクルと撫で回し、ときおりピンッと弾く。かと思えば、優しく引っかいたり指の腹で押したりと、蜜を纏わせた指は次々と戯れのようにうごめいた。

言いようのない熱と痺れが送り込まれ、身体は初めての感覚を受け止め切れなくて。それなのに、容赦のない愛撫に翻弄されるばかりで、下腹部の奥底で快楽が膨れ上がっていく。

「――あっ……!?　やっ……まっ、て……！　あぁぁぁっ……！」

自分の中で起こっている変化に理解が追いつかないまま、高められた身体の中で甘く切ない愉悦が一気に弾けた。

「志乃……可愛い」

嬉しそうに瞳を緩めている諏訪くんが、目尻から流れていく私の涙を唇で掬う。

「そのまま力を抜いてて」

そう言われても、そもそも脱力した身体に上手く力を入れられない。

ぼんやりとしている私は、顔中に落とされていくキスを受け入れながら瞼を閉じた。

「……ひぁっ……!?」

次の瞬間、下肢を襲った圧迫感に息を詰めた。

「ゆっくり解すから、リラックスして」

さきほどまでは力が入らなかったのに、今度は力の抜き方がわからない。

反射的に強張った全身は、自覚できるほど緊張している。

「志乃、俺を見て。焦らなくていいから、深呼吸してみて」

けれど、優しく語りかけるように話す彼の声音が、私を落ち着かせてくれた。

言われた通りに息を吐き、深呼吸をする。

少し時間をかけながらも自然と力が抜けていくと、諏訪くんが柔らかく微笑んで頷いた。

「……ん、ぁ……ッ」

体内に埋まっていた指が、もう一度動き出す。

浅い部分でとどまっていた異物感はそのままに、奥へと挿《はい》ってくる指に眉根を寄せた。

「痛い？」

「だいじょ、ぶ……っ……」

痛くはないけれど、未知の感覚への戸惑いが隠せない。

彼は熱い息を吐きながらも瞳を緩め、指をゆっくりと動かしていった。

隘路《あいろ》を解すような動きに、息が詰まる。

自分でも触れたことがない場所を暴かれていくのは、やっぱり少しだけ怖くて……。それなのに、諏訪くんの優しい表情を見ていると不安が和らいでいく。

彼は強引に突き進めるようなことは一切なく、むしろ私が戸惑いや不安を抱くたびに手を止め、「大丈夫だよ」と囁いてくれる。

大切にされていることが伝わってくる。

だからこそ、諏訪くんに身を委ね、彼のすべてを受け入れたいと思った。

最初は大きな抵抗感を見せていた蜜路が、次第にそれをなくしていく。

いつの間にか二本目の指が挿入されて、姫襞を捏ねるように動いていた。

「ん、っ……アァッ……ッ、あっ……」

わずかな苦しさに息を詰めると、喜悦を植えつけられたばかりの花芯を優しく弾かれて。下肢から頭に向かって、甘やかな痺れが駆け抜けた。

「ひぁっ……あぁっ……！」

「志乃はこっちの方が気持ちよくなれると思うから、もう一回ここでイこうか」

私に言ったのか、ただの独り言だったのかはわからない。

言い終わるよりも早く蜜粒をクリクリと捏ね回されて、腰が大きくのたうった。

受け止め切れないほどの法悦が、濁流のように押し寄せてくる。

柔壁をこすられる感覚よりも強く激しい快楽に、身体が勝手に高みへと駆け上がっていく。

極めつきに鋭敏になりすぎた突起を押しつぶされると、ひとたまりもなかった。

「あぁっ、ぁんっ……やあぁぁぁっ――！」

さきほどまでとは比べ物にならない嬌声が飛び散り、私は為す術もなく昇りつめた。

肩で息をする私を、諏訪くんがじっと見つめている。

熱を帯びた双眸には激しい劣情が覗き、普段の優しい眼差しとは違う。

私が欲しいのだと、目で訴えられているのがわかった。

「志乃……」

時間をかけて解された私の心と身体は、きっと諏訪くんを求めていた。

焦れたように服を脱ぎ捨てていく彼を涙で濡れた瞳で見上げ、こくりと首を縦に振る。

それを合図に、諏訪くんが全身を重ねてきた。

彼はすでに屹立に薄膜を被せていた。

不意に視界に飛び込んできた光景に戸惑い、初めて見た男性の象徴を前に顔が熱くなる。

自分の身体とは全然違うことにも、どこか獰猛さを感じさせる昂ぶりにも、困惑と羞恥を隠せない。

そんな私を見つめたまま、諏訪くんがあわいに雄芯を押し当ててきた。

くちゅっ……と淫蕩な水音が響き、硬いもので粘膜の表面を撫でられる。

そのまま腰をゆるりと動かした彼は、まるで剛直に蜜を纏わせるようにこすった。

「……ッ！」

指とはまったく違う感覚に、全身がじんじんと痺れる。

熱芯の硬さと熱が脆弱な秘芯を嬲《なぶ》ってくるたび、腰がビクビクと跳ねた。

しばらく秘裂をこすったあと、諏訪くんが私の膝裏に手を入れて脚を持ち上げた。

反射的に抵抗しそうになったけれど、一拍早く彼の身体が折り重なってくる。

直後、諏訪くんは蜜口に当てた熱塊を押し込むようにし、ゆっくりと蜜路に侵入してきた。

柔襞をこじ開けられるような感覚に、呼吸が上手くできない。

無意識に息を詰めてしまうと、彼が「ほら、深呼吸して」と柔和な口調でたしなめてくる。

言われた通りにすれば、また諏訪くんが腰を押し進めてきて。雄杭がゆっくり、じっくりと奥を目指していた。

全身が引き攣っているのかと思うほどの痛みと苦しさを感じる中、ようやくして誰にも許したことがない体内が猛々しい楔でいっぱいになった。

「……志乃……。ゆっくり息を吐いて……」

私を抱きすくめるようにした彼の熱い吐息が、肌に触れる。

どこか苦しそうな呼吸音が、鼓膜をくすぐった。

「……っ！　諏訪く……っ」

身を裂かれるような甘い痛みに、初めて知る感覚。

自分のものとは違う硬い身体と、嗅ぎ慣れた彼の香り。

すべてを掻き抱くように目の前の首に手を回せば、瞳に張っていた雫が頬を伝った。

「志乃……。名前で呼んで」

「……しょう」

甘えるような願いを受け入れれば、目が合った諏訪くんが幸福感を滲ませて破顔した。

「翔……翔……」

「うん、もっと呼んで。ずっと呼んでて」

涙が零れるほどに切なくて、私を満たすなにもかもがひどく愛おしい。

こんな感情は、諏訪くんが相手じゃなければ知らずにいたかもしれない。

彼だからこそ、私はこんなにも幸せな行為があるのだと知った。

「好きだよ。ずっと大事にするから……」

「うん……。私も好き……」

想いを紡ぎ合えば、自然と笑みが零れる。

それを合図にキスを交わした直後、諏訪くんがゆっくりと腰を引いた。

「ふっ……ん……あっ……」

再び柔襞を掻き分けながら奥へと戻ってくる雄杭を、隘路が勝手に食い締める。

きゅうきゅうと轟くそこは、私の意思ではどうすることもできない。

ゆっくりと律動している彼は、息を噛み殺すようにしていた。

私を痛みから気を逸らせるためか、諏訪くんが双丘の先端を優しく弄り、キスを繰り返す。

唇が解ければまた結び直し、甘ったるいくちづけを何度も重ねた。

痛みは徐々に和らぎ、それに代わるように甘く切ない痺れに翻弄されていく。

こすれ合う粘膜は淫靡な水音を奏で、熱気のこもった寝室は蜜欲に塗れていた。

「志乃……っ、好きだ……」

睦言のように繰り返される、愛の囁き。

私も同じように想いを紡ぎ、諏訪くんの名前を何度も呼ぶ。

思考が酩酊したようになっても、離れたくなくて逞しい身体に必死にしがみついていた。

やがて、私の下肢に手を伸ばした彼が指先で敏感な蜜芯を捕らえ、指の腹で捏ね回した。

「やあぁぁっ……!」

これまでで一番激しい淫悦を注ぎ込まれ、ただただ泣き叫ぶように声を上げる。

電流のようなビリビリとした刺激が快感となり、滲んでいた視界が明滅する。

思考も目の前も真っ白になる、その刹那――。

「……ひぁっ⁉　あぁぁぁぁっ――！」

なにがなんだかわからないまま快楽の波に飲み込まれ、四肢を戦慄かせながら背中を反らしていた。

「志乃……！」

私の最奥を数回穿《うが》った諏訪くんが、噛みしめるように私を呼ぶ。

直後、彼は逞しい腹筋を引き攣らせながら胴震いした。

愛おしむようにぎゅうっと抱きしめられ、汗に濡れた肌が重なる。

「ああ……幸せだ……」

多幸感を滲ませた諏訪くんの言葉に胸が高鳴ったけれど、脱力した全身と薄れていく意識には抗えなくて。私は安心できる香りに包まれながら、彼の腕の中で意識を失った——。


ふわふわとした柔らかい感覚に、心を包むような優しい温もり。

穏やかな感覚の中で瞼を開けると、柔和な双眸が私を見つめていた。

「おはよう、志乃」

まだ脳が覚醒しない。

ぼんやりとしたままでいると、クスッと笑われた。

「……え？　……諏訪くん!?」

「寝ぼけてる志乃、めちゃくちゃ可愛い」

クスクスと笑い続ける諏訪くんが、私の額や頬に唇を寄せる。

動揺の中で昨夜のことを思い出し、一糸纏わぬ姿で彼の腕の中にいるのだと気づいた。

「身体は平気？」

「……っ」

平気かどうかなんてまだわからない。

それよりも、今はこの状況をどうにかしたい。

リネンを纏っていても、その下ではお互いに全裸なわけで。私を抱きしめる諏訪くんに離してくれる素振りはなく、少し脚を動かしただけでも素肌が触れ合う。

「あの、諏訪くん……」

「翔」

「あ、えっと……翔……」

名前を呼ぶだけでも恥ずかしくて、ドキドキして。けれど、幸せそうに瞳をたわませる彼を見ると、胸の奥がきゅうぅ……と締めつけられる。

「あの、ちょっと離れてほしいんだけど……」

「ダメ。離したくない」

「でも……」

「まだ五時前だし、もうひと眠りする？」

戸惑う私を余所に、諏訪くんは一向に私の要望を聞き入れる気がないようで、チュッとリップ音を鳴らしながら顔中にキスの雨を降らせてくる。

羞恥心でいっぱいで、ドキドキしすぎて、胸が苦しい。

頬どころか全身が熱くてたまらないのに、あっという間に彼のくちづけに絆《ほだ》されてしまう。

午前五時の寝室は、甘やかで優しい空気に包まれていた。

＊　＊　＊

それからというもの、私の日常が少しだけ変わった。

諏訪くん――もとい翔は、スキンシップが少なかった日々を挽回するかのごとく、毎晩と言ってもいいほど私を自身のベッドに招き入れるようになった。

あれこれ理由をつけてみても当然承諾されるはずもなく、夜毎彼に抱かれている。

疲れているときや帰りが遅くなった夜には、ただ抱きしめられて眠るだけだけれど……。とにもかくにも、ここ最近の私は意識を失うように眠りに就く寸前に翔におやすみのキスを与えられ、朝も彼の優しいくちづけで目を覚ましていた。

なんだか面映ゆくて、毎日がくすぐったいような幸福で彩られている。

これほどの幸せで満たされている今、不満なんてひとつもない。

ただ、このままエスユーイノベーションで働き続けていいのか……とは頻繁に考えるようになった。

美容師への未練は、以前よりもさらに強まっている。

週末の恒例になっている翔へのヘッドスパで喜んでもらえることが嬉しくて、同時に美容師時代のお客様たちとのやり取りをよく思い出すようになった。

お客様の要望を汲み取るのも、流行を追い続けるのも、その上で似合うヘアスタイルを提供するのも、とても難しくて大変だった。

ときにはクレームを受け、指名替えも複数回された。

技術が至らずに、施術後にお客様に不満そうな顔をさせてしまったこともある。

そのたびに落ち込み、美容師に向いていないのかもしれないとへこたれそうになり、悔しさを抱えて数え切れないほど泣いた。

けれど、お客様が喜んでくれるとつらいことが全部噴き飛ぶくらい感激して、また頑張ろうと思えた。

セクハラやパワハラがつらくても、負けたくなかった。

いつか、小さくても自分のお店を持つために。

そして今も……本当はまだ、その夢を捨て切れずにいる。

こんな状態でエスユーイノベーションで働き続けることになれば、真摯に仕事に取り組む翔に後ろめたい気持ちを抱きそうだった。

努力している彼や同僚たちを余所に、私だけ優しい場所で守られているのはずるい。

なにより、翔と付き合っているからこそ、彼に甘えてばかりではいけない。

甘えるのは悪いことじゃないと翔が教えてくれたけれど、今の私は彼の傍にいたくて過去から目を背けているだけ。

だから、余計にこんな気持ちになってしまうのだ。

（私はどうしたいんだろう……）

翔には触れられても平気になったどころか、彼に抱かれるたびに幸福感が募っていく。

異性であっても、同僚とは随分と普通に接することができるようになった。

（でも、美容師に戻ったら？　平岡さんと同じ店で働くことはないけど、また同じような目に遭うかもしれない……。それでも頑張れる？）

堂々巡りの中にいると、息が苦しくなってくる。

それでも、私自身が向き合って答えを出さなければ、きっと本当の意味で翔の隣で胸を張ることはできない。

彼の傍で恥ずかしくない生き方をしたいと思うのなら、私は過去とも自分自身とも向き合わなければいけないのだから。

ちゃんと考えよう、と心に誓う。

これまでは考えているようでいて、結局は心のどこかで優しい場所で過ごす楽さに甘んじ、現状維持を望んでいた部分があった。

けれど、それでいいはずがない。

だから、ちゃんと目を背けずにいよう。

十章　幸せは袖褄《そでつま》につかず……ということ

カラフルな街並みを横目に、目的地へと急ぐ。

道行く人たちはみんなどこか楽しそうで、冬の凛とした空気に頬を撫でられる私の足取りも普段よりも軽かった。

今日はクリスマスイヴ。金曜日ということもあり、街は恋人たちで溢れている。

待ち合わせ場所に着くと、午後から外出していた翔が先に待っていた。

「ごめんね、待たせちゃった？」

「俺も着いたところだよ。ちょうどいい時間だし、中に入ろうか」

彼が予約してくれていたのは、銀座《ぎんざ》の一角にある格式高いレストランだ。

白亜を基調とした建物は二階建てで、ヨーロッパの城を思わせる大きな支柱が目立つ。フランス国旗が、冬の夜風に靡《なび》いていた。

有名店だけあって、私でも名前くらいは知っている。

まさかこんなところに来られるとは思っていなくて、気後れする気持ちと喜びに包まれた。

「あの……私の服装、おかしくない？」

ラベンダーを明るくしたようなカラーのワンピースは、今日のために買ったものだ。コートの下の上半身は柔らかい雰囲気のシフォン素材の五分丈袖で、スカートは大ぶりの花のレースで作られ、ウエスト部分にはベルト代わりのパールが施されている。髪はサイドを編み込んで纏め上げ、私なりに精一杯おしゃれをしてきた。

それでも、三つ揃えのネイビー系のスーツを身に纏った彼の隣に立つと、なんだか釣り合っているとは思えない。

「どこが？　めちゃくちゃ可愛くて、今すぐにキスしたいくらいだけど」

ところが、翔の目から見る私は、強力な恋人フィルターがかかっているらしい。

甘ったるく微笑まれて瞬時に頬が熱くなったけれど、ヘアメイクを頑張ってよかったと笑みが漏れた。

「……ありがとう、ございます」

恥ずかしさのせいで敬語になると、翔が顔をくしゃりと歪めて破顔した。

店内の二階の最奥の席に案内され、ウェイターがすぐにシャンパンを持ってきた。

大きな窓から見える煌びやかな銀座の街を横目に、彼と「メリークリスマス」と言葉を交わして乾杯をする。

アミューズは蒸しアワビのカルパッチョにホワイトアスパラガスが添えられ、アントレは鴨のコンフィの包み焼き。

ポワソンは、オマール海老とじゃがいものミルフィーユ仕立てにアメリケーヌソース。

ヴィヤンドゥは、佐賀牛フィレ肉のグリエとフォアグラのポアレ。

デセールは、濃厚なチョコレートの風味が楽しめるブッシュ・ド・ノエルに、シトロンのムースとピスタチオのマカロンが並び、真っ白ないちごが添えられていた。

ペアリングされたワインも絶品で、私は「おいしい」と連呼することしかできなかった。

「こんなに喜んでくれると、次はもっと喜ばせたくなるな」

翔は、今日も今日とて私を甘やかしてくれる。

嬉しい反面、もうすっかり甘やかされすぎていることに心の中で苦笑を零した。

「志乃。改めて、メリークリスマス」

不意に、彼がテーブルの上に細身の長方形の箱を置いた。

「嬉しい……。ただ、こんなに甘やかされると困るよ」

「俺が甘やかしたいからいいんだよ」

柔和な微笑を浮かべた翔に戸惑いつつも喜びは隠せなくて、笑顔でお礼を言う。

リボンを解いて箱を開けると、緩やかな曲線を描くラインネックレスが鎮座していた。

シンプルで主張しすぎないデザインながらもダイヤモンドが敷き詰められ、その美しさに思わず感嘆のため息が漏れる。

「すごく綺麗……。でも、こんなに素敵なものをもらってもいいの？」

「もちろん。それに、そのネックレスをつけた志乃を、俺が見たいだけなんだ」

彼は、本当にどこまでも素敵な恋人で、私の身に余る完璧な人だ。

同じようには返せないけれど、翔が私にそんなことを求めていないのは知っている。

だから、私も用意していたプレゼントを差し出せた。

「メリークリスマス、翔」

長方形の箱を目にした彼は、頬を緩ませた。

「志乃がいてくれたらなにもいらないっていうのも本音だけど、志乃が俺のために選んでくれたプレゼントって想像よりずっと嬉しいな」

面映ゆそうな表情が、私の心をくすぐる。

まだ中を見てもいないうちからそんなに喜ばれて、少しだけ緊張してしまった。

「好みじゃなかったらごめんね」

「志乃がくれるものなら、俺はなんでも嬉しいよ」

私が張った予防線を、翔は一瞬で断ち切ってしまう。

そんな風に言われれば、もう不安は噴き飛んでいた。

私が選んだのは、彼が愛用しているブランドの名刺入れ。

ラグジュアリーなお店に入るのは勇気が必要で、緊張でいっぱいだった。

けれど、翔が新しい名刺入れを買おうか悩んでいたことを知っていたからこそ、どうしてもそれを選びたかったのだ。

「名刺入れだ。しかも、俺が好きなブランドの一番気になってたデザインのものだ」

もしかしたら、リップサービスかもしれない。

ただ、彼の喜ぶ姿を見ているとそうは思えなくて、ホッとした。

レストランを出たあとは、酔い覚ましに徒歩でイルミネーションを楽しんだ。

冬の夜風は冷たいけれど、翔と手を繋いで歩く街は今までで一番綺麗な景色に見える。

こんな風に彼と普通の恋人として触れ合いながら歩ける日が来るなんて、半年前までの私には想像もできなかったのに、今は自然とできるようになっている。

それもこれもすべて、やっぱり翔のおかげだ。


「とりあえず、年末年始はゆっくりできそうだ」

帰宅してお風呂を済ませると、ソファで肩を並べた翔が顔に安堵を浮かべた。

彼は今、誰もが名前を耳にしたことがあるような大手企業から依頼を受け、新しいアプリの開発に勤しんでいる。

職場では重役室にこもり、休日も書斎にある三台のパソコンに向かう日々。

最近は、昼夜問わず仕事ばかりしていた。

「よかった。ここ最近は睡眠時間も減ってたし、年末年始はゆっくりしようね」

「心配性だな、志乃は。忙しくても、志乃を抱く余裕はあっただろ」

「そっ、そういうのはいいから！」

ククッと笑った翔が、ふと表情に真剣さを宿らせる。

「俺、今抱えてる仕事が無事に終わったら、独自の開発システムを作りたいんだ。日本はまだまだ脆弱な部分もあるけど、海外の一部の国ではリモートワークが主流になり始めてる企業もあるし、これからの時代はそうやって変化していくんだと思う」

彼が見つめているのは、もっとずっと未来の話かもしれないし、もしかしたら意外と近い将来なのかもしれない。

「だから俺は、日本でもそうなるように、強固なリモートワークシステムを作りたい」

どちらにしても、その目標は私の想像を遥かに超えた大きさで、それがいったいどういうものなのかもわからない。

けれど、真っ直ぐな双眸で目標を語る翔が、私はとても好きだ。

キラキラと輝く瞳は少年のようで、それを実現するために努力できる人だと知っている。

「不況の煽りで長時間労働の会社が増えてるけど、リモートでも安心して働けるようになって、家族や自分のために使える時間を増やしてほしいんだ」

なによりも、あの頃と変わらないものを秘めた彼の双眸に胸が大きく高鳴り、また恋に堕ちてしまう予感がした。

「そんな風に思うようになったのは、志乃のおかげなんだ」

「……私？」

「うん。前々からうっすらとした目標ではあったんだけど、志乃と暮らすようになってもっと志乃との時間が欲しいと思った。それが俺の目標を後押ししてくれた」

「そんなの、私のおかげなんかじゃないよ。ただ、翔がすごいんだよ」

高校時代、翔と夢を語り合った日のことは今でもよく覚えている。

彼の夢は、あの頃から始まっていた。

記憶に焼きついているその姿は眩しくて、あの日の決意を思い出させてくれた。

(ああ、そっか……。きっと、これが答えなんだ)

私は、翔に見合う人間でいたい。

ちゃんと隣で並んで歩ける、自立した女性になりたい。

甘えるだけじゃなく、支え合える関係でいたい。

「翔、話があるの」

私の顔つきから、彼はなにかを察したようだった。

優しい眼差しが、私を真っ直ぐ見据えてくる。

翔を見つめ返しながら、ゆっくりと深呼吸をした。

「私……もう一度、美容師として働きたい」

上手くできないかもしれない。

また理不尽な目に遭って、環境や自分自身に負けるかもしれない。

それでも、私はやっぱり夢を諦めたくないと思った。

「できるかはわからないし、自信だってあるわけじゃない。翔のおかげでトラウマを乗り越えられたと思えてるけど、きっとひとりになったら完璧に平気だとは言えない。なにより、一年近くスタイリストから離れてるから、腕だってきっと落ちてる……」

乗り越えなければいけない壁は、今想像できるものよりももっと多いだろう。

そうだとしても、私は〝やりたい〟と目指してたどりついた場所にもう一度戻りたい。

そのために、つらくても苦しくても立ち向かえる人間でいたい。

「志乃は、志乃が歩きたい道を歩いていけばいいんだ」

私を見つめたままの翔が、柔和な瞳をさらにたわませる。

「怖くても不安でも、志乃には俺がいる。つらいこともあるかもしれないけど、いつだって一番の味方でいる」

間を置かずして、彼は私の手をそっと握った。

「ずっと叶えたいと思ってた夢を、必死に努力して叶えたんだろ。志乃を傷つけるようなつまらない奴らのせいで、自分の夢を諦めることなんてないんだ」

翔の言葉はいつも、青春の日々のように痛いくらいに真っ直ぐだ。

彼自身のようにキラキラとまばゆくて、背中を押してくれる力強さがあって、踏み出す勇気をくれる。

「だから、もう一度頑張れ」

伸びてきた腕が、私の身体をそっと抱き寄せる。

あの日と同じ言葉をくれた翔は、そのまま力強く抱きしめてくれた。

胸が苦しいほどに熱くて、込み上げてくる熱を受け入れながら大きく頷いた。

「うんっ……！」

視界が滲む。

不安も恐怖心もある上に、自信はまだちっともない。

けれど、彼の体温に包まれる私の意志は固く、迷いは溶けていた。


聖夜が終わる頃、私たちは翔の寝室のベッドで身体を重ね合わせていた。

一糸纏わぬ姿でお互いの体温を掻き抱くようなきつい抱擁を交わし、水音を響かせながら甘ったるいキスを繰り返す。

骨張った手が私を愛で、節くれだった指が密やかな戯れを施していく。

柔らかさを楽しむように胸を揉まれ、白い肌の上に赤い痕が残される。

思春期の頃からずっと性的な目を向けられてきたそこがコンプレックスだったのに、彼に触れられると気持ちよくて、身も心も悦んでいるのがわかる。

それはきっと、翔が大事に触れてくれるから。

快感を送り込みながらも無理強いはせず、たくさんのキスとともに愛でてくれる。

ときに激しくされても痛みはなく、彼の欲望を受け入れることに嫌悪感もない。

そんな風に愛撫されながら先端を摘まれると、素直に甘い声を漏らしてしまう。

「志乃はここが弱いよな」

「んっ……」

翔はそう言って、喜々として突起を指や舌で責めてくる。

指先でコロコロと転がすように捏ね、軽く引っ張ったり摘まみ上げたり。かと思えば、舌でクルリとねぶって、そっと歯を立てた。

「あぁっ……んっ」

喜悦は次第に強くなっていき、まだ触れられてもいない下肢がじんじんと疼いてしまう。

私は腰を震わせながら、無意識のうちに太ももをすり合わせていた。

「こっちも触ろうか？」

骨ばった手が内ももをたどり、脚の付け根のあたりを行き来する。

指先で鼠径部《そけいぶ》を撫でられるだけで淡い快楽が芽吹き、秘部がきゅうっと震えた。

「どうする？」

眇めた目を向けてくる彼は、私の答えを待っている。

言葉にするまで肝心な場所には触る気がないようで、節くれだった指は内ももから付け根を数回往復し、くすぐるように柔毛に触れた。

恥ずかしくてたまらないのに、その先を求めてしまう。

頬が熱くて沸騰しそうだったけれど、翔の前でなら素直になれる。

「っ……触って、ほしい……」

消え入りそうな声で訴えると、彼が満足そうに唇の端だけを持ち上げた。

「最初は恥ずかしがってたけど、ちゃんと求めてくれるようになったな」

嬉しいよ、という声とともに柔毛がかき分けられ、敏感な部分に指が触れる。

「あんっ……！　あっ、ぁっ……んんっ……」

小さな突起を転がし始めた指は、容赦なく愉悦を与えにきた。

クルクルと回され、下から持ち上げられて、幼気な花芽が優しく嬲られていく。

そこはすぐに敏感に反応し、あっという間に芯を持ったような感覚になった。

はしたないと思うのに、つい腰を揺らめかせてしまう。

「志乃、可愛い……。もっと乱れて」

耳元で囁かれてゾクゾクと背筋が粟立ち、法悦がいっそう大きくなった。

「やぁっ……！　ダメッ……やぁぁ……」

「イッていいよ。ほら……」

劣情混じりの甘い声音が落とされたのと同時に、花芯をグッと押しつぶされる。

容赦のない激しい快感が押し寄せ、あっという間に飲み込まれてしまった。

「あぁぁぁぁっ……」

全身がビクンッと数回跳ね、程なくして力が抜けていく。

無意識のうちに閉じていた瞼を開ければ、私を見つめている翔が蜜で汚れた指を舐めた。

「やだっ……！　汚いから！」

「汚くなんかない。志乃は全部綺麗だ」

咄嗟に上半身を起こした刹那、身体を優しく押されて視界が元に戻る。

その直後、天井を背にした彼が私の両脚を持ち上げ、下肢に顔を埋めるのが見えた。

「んぁっ……」

蜜口に触れた舌で、一気にあわいを舐め上げられる。

翔は一瞬で花芯にたどりつき、そのままそこだけを重点的に責め始めた。

下から持ち上げるように嬲られるたび、くちゅんっ……といやらしい水音が響く。

まるで鼓膜まで侵されるようで、羞恥心もあるのに腰が揺らめきそうになる。

「志乃、気持ちいい？」

「あんっ……！　いい、けど……っ、恥ずかしっ……」

顔を上げて答えればクスッと笑われて、思わず彼から視線を逸らした。

そこが弱いことは、私自身ももう知っている。

翔に触れられるたびにグズグズに溶かされ続け、すぐにでも達してしまいそうになる。

そうなるのだと教え込まれた今は、以前よりも彼に与えられる快感を素直に受け入れられるようになっていた。

「志乃のここ、めちゃくちゃ気持ちよさそうだ。俺を誘ってるように見える」

けれど、じっと見つめられるのは別だ。

いくら翔とはいえ、そこに視線を注がれるのはたまらなく恥ずかしい。

耐え切れずに腰を引こうとしたけれど、一瞬早く節くれだった指が蜜口に押し込まれた。

「あぁっ……」

喉を仰け反らせる私を余所に、彼は隘路を解すように指を動かしながら再び蜜芽を舐めた。

長い指は襞を伸ばすようにこすり、下腹部の裏側を丹念に撫でて。熱い舌は尖った花粒を押し上げてはねぶり、ゆっくりと吸い上げる。

ときおり優しく歯を立てられると、もうたまらなかった。

怒涛の勢いで注ぎ込まれる悦楽がどんどん募り、淫靡な水音は大きくなるばかり。

もうダメ……と思考の片隅に過ったときには、背中が弓なりになっていた。

「やあぁぁあっ……！」

爪先から脳の奥まで激しい電流が走り抜け、じんじんと痺れる。

痛いくらいの快楽はそれでいて甘く、私は気づけばすべてを享受して達していた。

「志乃……」

うっとりとしたような、上ずった声が聞こえる。

涙で滲む視界には、手の甲で口元を拭いながらこちらを見つめる翔がいた。

「志乃のナカに挿りたい」

甘えるように抱きつかれて、鼓動が高鳴る。

まだ呼吸も整わなくて苦しいけれど、彼を受け止めたかった。

「うん、来て……」

「っ……！　可愛すぎてやばいな」

息を呑んだ翔は、欲で満ちた雄杭に性急に薄膜を被せていく。

未だにその光景を見るのには慣れなくて目を伏せれば、彼にクスッと笑われてしまった。

「おいで」

起こされた私の身体が、胡坐《あぐら》をかくように座った翔の上に乗せられる。

「待って！　これ……」

「うん。今日は抱きしめたままシたいんだ」

深くまで挿入される体位は、ほんの少しだけ苦手だった。

自分が自分じゃなくなるほどに乱れてしまうことが怖いから。

けれど、彼の真っ直ぐな瞳には抗えない。

私がたじろいでいる間に、あわいに硬く逞しいものが押し当てられた。

ちゅくっ……と、粘着質な水音が響く。

腰を持って軽く揺すられると秘部全体がこすられ、それだけで気持ちよくなってしまった。

「挿れるよ」

「んっ……！」

ググッ……と挿ってきた剛直が、収縮する姫襞を押し広げるようにして進んでいく。

思わず息を詰めそうになると、翔が唇を重ねてきた。

下肢を襲う圧迫感に耐えながら口を開けると、すぐに入ってきた舌が口内をまさぐった。

苦しいのに、息が上手くできないのに……体内が彼に埋め尽くされていく感覚は、私に甘やかな快楽と幸せを与えてくれる。

最後にグッと腰を突き上げられると、楔が奥の方に届いた。

「ああっ、っ……」

「クッ……！　志乃のナカ、めちゃくちゃ熱い……」

持たないかも、という呟きが鼓膜をくすぐる。

耳朶に触れる翔の吐息にすら、私は腰を小さく震わせてしまった。

「これだけでも気持ちよくてやばいな」

深く息をついた彼が、私を見つめてくる。

その目は優しいのに、劣情と熱で満ちていた。

私を欲している瞳に応えたくなる。

こんな風に思わせてくれるのは、相手が翔だから。

彼じゃなければ、触れ合いたいとか肌を重ねたいとは思えない。

「好き……」

そう思った瞬間、気持ちが溢れて翔にしがみついていた。

「っ……あー、もう……。今日の志乃、いつもの十倍くらい可愛くて困る」

言葉とは裏腹に、彼の声音は嬉しそうだった。

少し離れた私に向けられたのは、愛おしいものを見るような眩しそうな眼差し。

「俺も好きだよ。好きなんて言葉じゃ足りないくらいだ」

そして、私以上の想いを伝えてくれた翔は、私の頭に手を回してくちづけてきた。

一拍置いて彼が腰を動かし、トン……と奥を突かれる。

「う、ぁっ」

そのまま緩い律動が始まり、私は引き攣った声を上げた。

甘えたような嬌声は、キスでかき消されてしまう。

隘路を撫でるように動かれると、身体が再び痺れていくのに……。声が思うように出せないというだけで甘さと苦しさが大きくなって、喜悦も増幅していく。

粘膜がこすれる音が次第に激しくなり、やがて緩やかだった動きにも性急さが見え始めた。

相変わらず塞がれた唇の隙間からは、苦しげな声が零れる。

ところが、身体は苦しいばかりじゃなくて、ちゃんと気持ちがいい。

丹念にこすられる蜜洞からは雫がどんどん溢れ出し、翔が私の腰を掴んで激しく腰をぶつけてくるとさらに愉悦が大きくなった。

ズンズンと突かれるたびに、私の奥に届いて。そこがひどく震え、悦んでいるのがわかる。

声は完全に甘くなって、頭の芯までビリビリと痺れていった。

「しょうっ……ダメッ……」

高められていく身体が、あと一歩で限界を迎える予感がする。

けれど、ひとりで果てたくなくて、必死に首を横に振った。

「いいよ、イッて」

それなのに、彼は甘やかすように囁いて、私だけを快楽の海に沈めようとする。

逃げるように背中を反らせた直後、節くれだった指がぶつかり合う結合部の上で震えていた突起を押しつぶした。

「ひっ……？　あぁぁぁぁぁっ……」

喉が仰け反り、反射的に閉じた瞼の裏が激しく明滅する。

私は過ぎた法悦を受け止め切れなくて、翔の欲望を咥え込んだまま何度も腰を跳ねさせた。

「ふっ……ふぁっ、ぅ……」

その間にも彼は私を離さないとでも言うように、きつくきつく抱きしめてくる。

翔も身体を震わせていたけれど、歯を食いしばってギリギリのところで耐えたようだった。

「うっ……！　すごい締めつけてくる……」

恍惚の表情で息を吐いた彼が、私の唇を塞ぎにくる。

その柔らかさを堪能するように数回食まれたかと思うと、口内に差し込まれた舌に私の舌が捕らえられ、ねっとりと搦められていった。

じっくりと味わうようなキスに、腰がわずかに震えてしまう。

刹那、私の体内にとどまったままの熱芯がビクッと跳ねた。

「俺もイきたいな」

甘くねだられ、身体がゆっくりと倒されていく。

ベッドに背中が触れると、翔が待ち切れないと言いたげに腰をゆるりと突き上げた。

まずは優しく、けれど内壁をこする怒張は私の弱いところを的確に抉ってくる。

入口近くの浅いところは少し強く撫でて、下腹部の裏側あたりに来ると骨ばった手でお腹を押さえながらグイグイとこすり上げる。

外側と内側の両方から責められると、達したばかりの身体はビクビクと震えた。

「あっ、あっ……あんっ、ふぁっ」

彼の下にいる私の身体が、確実に追い詰められていく。

今度こそ一緒に果てたくて愉悦に耐えながら腰を押しつければ、翔が苦しげに息を詰めた。

「ダメだっ……！」

「ああっ！」

最奥を抉るようにガツンッと穿たれ、喉が仰け反ってしまう。

「志乃……志乃！　好きだ……」

彼は腰を激しく振り、私の体内をぐちゃぐちゃにかき混ぜた。

揺れる視界の中にいる翔の劣情に胸の奥が高鳴って、もっともっと貪ってほしくなる。

それを伝えるように、彼にぎゅうっとしがみついた。

熱気がこもったベッドはひどく軋み、翔の素肌をたどる汗が私を濡らす。

他人が聞いたら陳腐に思える愛の言葉も、蜂蜜をたっぷりと練り込んだような熱い吐息も、情欲を煽っていく。

かすれた声で彼に名前を呼ばれるたび、愛おしさで胸が締めつけられる。

これほどの至福を与えてくれるのは、翔しかいない。

彼じゃなければ、こんな風に心が満たされることはない。

私も同じだけ……できればそれよりも少しだけ多く、翔に愛を与えたい。

白んでいく思考の片隅で願ったとき、彼がいっそう強く腰を突き出し、私の最奥を穿った。

「ッ……！　あああぁぁぁぁっ――――！」

深く、高く、押し上げられる。

全身がじんじんと痺れて強張り、息もできないほどの法悦に襲われた。

「クッ……！」

数秒遅れて声を噛み殺した翔が、ぶるぶるっ……と胴震いする。

直後に屹立がビクッと数回跳ね、薄膜越しに欲が吐き出された。

私を抱きしめる彼の腕の中で四肢が弛緩し、瞼が重くなっていく。

程なくしてゆっくりと離れた翔と、真っ直ぐに視線がぶつかった。

「翔……」

雄の欲を孕ませていた瞳が、私の声で柔らかな弧を描く。

「好き……大好きだよ」

「……うん。俺も――」

愛してる――。

そう聞こえたのは、夢か現実か。

判断がつかないままに瞼の重みに負けた私は、安心感と幸福感の中で意識を手放した。

十一章　七転び八起きも、あなたの傍でなら

『俺さ、将来は自分の手で世界を変えるようなことがしたいんだ』

諏訪くんが、『あ、笑うなよ？』と眉を下げて笑う。

『すごく壮大な夢だね』

『壮大ってほどでもないよ。別に、世の中から注目されることがしたいわけでも、目立ちたいわけでもないし』

『でも、大きなことをすれば注目を浴びるでしょ？』

『うん、だから大きなことじゃなくていい』

さきほどの言葉と結びつかないことに小首を傾げれば、彼がふっと瞳を緩めた。

『世間には認知されなくても、誰かの生活がちょっと豊かになるとか、誰かの笑顔に繋がることになるとか、そういうことでいいんだ。ただ、好きなことをするには組織の末端にいたんじゃ難しいだろうし、小さくてもいいから自分の会社を持ちたい』

わずかに目を伏せた諏訪くんは、再び私を見て照れくさそうに笑った。

『諏訪くんなら、きっとできるよ』

私がすかさず力強く返せば、彼が面映ゆそうに微笑んだ。

『ありがとう。こんなことを話しても笑われると思って、実は今まで誰にも言ったことがなかったんだけど、香月に話してよかった』

十月の夕日が、喜色を浮かべる諏訪くんを優しく染める。

紙の匂いが充満する古い図書室が、なぜかキラキラと輝いて見えた。

『香月は夢とかないの？』

『えっと……』

あるにはある。

けれど、私にはきっと向いていないし、彼に比べればちっぽけに思えて言い出しにくい。

『教えてよ』

なんて思っていたのに、笑顔を寄越されると口を開いていた。

『笑わない？』

『うん、絶対に笑わない』

『あのね……私、美容師になりたいの』

目を丸くした諏訪くんの表情から、私には似合わないと思われたのだと察する。

『どうして美容師を目指そうと思ったんだ？』

恥ずかしくなって口を噤もうとしたけれど、彼は意外にもその理由を訊いてきた。

『えっと……私、男の子が苦手でしょ……？　子どもの頃からいじめられることが多くて、中学でも変に注目されたりして、いつも周りの視線から逃げるように俯いてばかりだったの』

諏訪くんが、静かに耳を傾けてくれる。彼の真剣な表情に、自然と言葉が続いた。

『でも、そんな自分が嫌いで、高校では少しでも変わりたくて……入学式の前にイメチェンしようと思って、近所にできたおしゃれな美容室に行ったんだ』

そこは、三十代前半くらいの女性——夏《なつ》さんがひとりで経営している小さなヘアサロンで、上手く要望を言えない私の言葉にゆっくりと向き合ってくれた。

そして、彼女は『大丈夫。変わりたいって強く思える子は変われるよ』と微笑んだ。

人目を避けるように長かった前髪を眉あたりで整え、ただ切り揃えるだけだったサイドや後ろの髪は癖を活かしてカットされ、私が動くたびに軽やかに揺れる。

自分自身でも驚くほどの変化を与えてもらったことによって、自信がなかった心を包む硬い殻に小さなヒビが入り、自分の外見が好きになれそうな予感がした。

そのときの感動が忘れられなくて、『ほらね？　まずは外見がもっと素敵になれたでしょ？』と笑顔で言ってくれた夏さんのような美容師になりたいと思ったのだ。

『……でも、結局は高校でも全然変われなかったんだけどね』

ため息をついた私に、諏訪くんは優しい笑みを向けた。

『そんなことないと思うよ』

『え？』

『俺は中学のときの香月のことは知らないけど、きっと変わりたいって思った気持ちは今も香月の中にあって、だからこそ香月の夢はずっと変わってないんだよ』

彼の笑顔が、優しい声音が、心を包み込んでくれる。

私だけに向けてくれるそれらが、泣きたくなるくらいに嬉しかった。

『それに、美容師って外見を変えてあげる仕事だろ。だったら、〝変わりたい〟って気持ちで勇気を出して美容室に行った香月は、そういう人たちの心に寄り添えると思うし、むしろ向いてると思う』

キラキラ、キラキラ……まるで夏の海のよう。

私には眩しすぎるくらいの真っ直ぐさで、強く優しく励ましてくれる。

『大丈夫だ。香月ならできるよ』

思ってもみなかった温かい言葉に、胸の奥からは正体のわからない熱が突き上げてきて。このときの私には、泣かないようにするのが精一杯だった。

『だから、頑張れ』

俺も頑張るからさ、と笑った諏訪くんに、大きく二度頷く。

『ありがとう。諏訪くんも頑張ってね』

同じように首を縦に振った彼は、程なくして『あっ！』と声を漏らした。

『そうだ。香月が美容師になったら、俺を――』

秋の夕日に照らされた笑顔が遠のいていく。

その言葉の続きは――。

＊＊＊

瞼に白光を感じて、眉をひそめる。

重怠い身体と鈍い意識が、私をどこかに引っ張ろうとする。

そんな中で目を開けると、すっかり見慣れた天井が視界に入ってきた。

「……翔？」

隣にいたはずの翔の気配を追えば、ベッドの半分は空だった。

シーツに触れてみると温もりは残っていなくて、彼が随分前にそこから抜け出したことを物語っている。

いつもは私が起きるまで待っているか、そうじゃないときはキスで起こしてくるのに、珍しいな……と思う。

床に落ちていた翔のシャツを借り、リビングに急いだ。

「あ、起きてきちゃったか」

すると、キッチンにいた彼が、なぜかバツが悪そうに笑った。

その手にはフライパンを持っている。

「オムレツって意外と難しいんだな」

フライパンの中では、挽肉や玉ねぎ、他の野菜と一緒に卵も混ざっている。

お世辞にもオムレツとは言いがたい状態だった。

「でも、いい匂いだよ」

「味つけには自信がある。見た目は……あれだけど」

「いいじゃない。翔が作ってくれたことが嬉しいよ」

「じゃあ、食べるか」

翔が作ったオムレツもどきを器に移して、テーブルに移動する。

いつものように「いただきます」と声を揃えたあと、スプーンで掬って口に運んだ。

「おいしい！」

「本当に？」

「うん。ソースも中身も生のトマトかな？　すごくジューシーだし、具材も色々入ってるね」

挽肉と玉ねぎ以外にも、人参、ピーマン、セロリと具だくさんだ。

生のトマトでソースを作っているところに、彼なりのこだわりを感じる。

これまでにも、翔の料理を口にしたことはある。

ただ、いつもは『ザ・男飯』といったような丼物やラーメンばかりだったため、オムレツというのは意外だった。

「なんで急にオムレツを作ろうと思ったの？」

「無性に食べたくなったんだよな。レシピサイトを見ればできると思ったけど、オムライスも作るのが苦手だったのを忘れてた」

肩を竦めた彼に、クスクスと笑いが込み上げてきた。

クリスマスの今日は、午前中はゆっくり過ごして午後から水族館に行き、夜は翔が予約してくれているディナーを楽しむ予定だ。

「志乃、お願いがあるんだけど」

「どうしたの？」

朝食後にソファでタブレットを見ていた彼は、メールチェックをしていた。

それが終わったようで、朝食の片付けを済ませた私は傍に行く。

笑顔を向けて翔の要望を待つと、次いで紡がれたのは予想だにしない言葉だった。

「俺の髪、切ってくれない？」

「えっ……」

「年末にいつものサロンに行くつもりだったけど、志乃に切ってほしいんだ。ほら……高校時代の約束、覚えてる？」

それは、今朝見ていた夢の続き。

あのとき、彼はこう言った。

(『香月が美容師になったら、俺を最初の客にしてよ』)

「〝香月が美容師になったら、俺を最初の客にしてよ〟ってやつ」

私の心の中の声と、翔の穏やかな声音が重なる。

「で、でも……」

「大丈夫だ。志乃ならできるよ」

彼はいったい、どこまで覚えているんだろう。

私のように全部を覚えているとは思えないけれど、少なくとも私が大切にしていた思い出の一部を鮮明に記憶してくれている。

だって、あのときとまったく同じ言葉を口にしたから。

「失敗するかも……」

「坊主にならなきゃいいよ。髪なんてすぐに生えてくるから、肩の力を抜いて」

肩の力を抜いてヘアカットするなんて今の私には考えられないから、難しい注文だ。

ただ、それがエールだというのもわかるから、息をひとつ吐いて頷いた。

その後、どこで切るかと相談して、大きな鏡がある洗面台の前に決まった。

ヘッドスパ用のチェアは角度を変えられるため、カットにも向いている。

愛用していた商売道具は手入れをしていたから、すぐにでも使える。

「本当にいいの？」

「ああ、もちろん」

シンクの周りにハサミやコームを並べて尋ねたけれど、翔の気持ちは変わらないようだ。

ケープをかけた彼の髪をスプレーで軽く濡らしながら、鏡越しに目を合わせる。

「どんな感じにしたい？」

「お任せで」

困惑で言葉も出ない私に、翔は「志乃の好きにしていいよ」なんて笑っている。

もう覚悟を決めるしかなさそうだった。

ビジネスショート風の彼の髪は今は少し伸びているものの、普段は短すぎず長いということもなく、爽やかで清潔感がある。

前髪はいつも斜めに分け、綺麗な目元がしっかりと見えている。

髪質は柔らかい方だから、あまり短くしない方がいいだろう。

髪を触りながらしっかりと確認していき、脳内でイメージを膨らませていく。

美容師だった頃、何度も何度も繰り返してきたことだ。

ハサミを持った右手がわずかに震える気がして息を吐けば、鏡越しに翔と目が合った。

私を見つめていた彼は、柔和な表情をしている。

その瞬間、ようやく覚悟が決まり、毛先にハサミを入れた。

シャキンッと小気味のいい音が鳴り、濡れ羽色の髪が一センチ分ほど落ちていく。

刹那、心と身体がビリビリと震えた。

この感覚は知っている。

小さな不安の中で悩んで、けれどお客様の反応を想像してはワクワクして、楽しさとプレッシャーに全力で向き合っていたときと同じものだ。

それからは、無我夢中でハサミを動かした。

上下左右様々な角度から何度も翔の顔と髪を確認しながら作業を続け、自分の中にあるイメージに近づけていく。

緊張感でドキドキして、それ以上に胸が弾んで。悩んで、迷って、それでも自分を信じて作業を進めた。

「……どうかな？」

私の部屋から持ってきていた三面鏡を翔の背後で広げて尋ねたとき、どれくらいの時間が経っていたのかはわからない。

ただ、鏡に見入る彼の面持ちが満足げなのは、答えを聞かなくてもわかった。

長さは普段と同じくらいだけれど、サイドをわずかに長めに残していて、前髪は斜め分けにもセンター分けにもできる。

今は髪を洗って綺麗に乾かしたあと、ひとまずセンターで分けてワックスをつけた。

「うん、すごくいい。俺、この髪型好きだ」

お世辞じゃないとわかる声音が、私の心を満たしてくれる。

「よかった」

「夢がひとつ叶った。ありがとう」

安堵と喜びが混じった笑みを零せば、翔がおもむろに立ち上がった。

「志乃」

私の両手を取った彼が、自身の両手で優しく包み込んでくる。

「俺は志乃の手が好きだ。志乃が努力してきた日々は知らないけど、再会したときの志乃の手はまだ少し荒れてて、美容師の仕事を頑張ってた手だって思った」

今はもう治ったけれど、確かにあの頃の私の手はわずかに荒れていた。

ハンドクリームを毎日塗っていても綺麗にはならなかった美容師時代よりは随分とマシだったけれど、退職して三か月以上が経っていたというのに荒れた痕が残っていたのだ。

「この手がまた荒れても、俺は今と同じように好きだと感じると思う。真剣に髪を切る志乃はかっこよかったし、恋人の欲目なんて関係ないほど惚れ惚れした」

手から伝わる翔の体温が涙を誘う。

泣きたくなんてないのに、あっという間に視界が滲んでいった。

「志乃なら絶対に大丈夫だ。ちゃんと自分が決めた道を歩いていけるよ」

十八歳の私が背中を押されたように、二十七歳の私にも前に進む勇気をくれる。

私の初恋を捧げた彼は、あの頃と変わらない真っ直ぐさを携えた双眸で私を見つめていた。

＊　＊　＊

年末年始はあっという間に過ぎていき、一月ももう終わろうとしている頃。

ミーティングルームに行くと、すぐに鵜崎副社長と篠原さんが現れた。

少しだけ緊張してしまって身構えかければ、にこやかな顔の副社長に「緊張しなくていいからね」と先手を打たれた。

「はい。あの……お時間を取らせてしまい、申し訳ございません。実は、エスユーイノベーションを辞めさせていただきたいと思っています」

深呼吸をした私は、一息に本題を告げた。

昨夜、翔には鵜崎副社長たちにこの件を話すことは伝えてある。

「そうか……」

「はい。色々とお気遣いいただいていたのに、勝手を言ってしまい申し訳ございません」

「いや、それはいいよ。貴重な戦力を失うのは残念だけど、この春には新規採用の募集をかけるつもりだったから、採用枠を増やせばいいだけだしね」

私が貴重な戦力だなんて恐れ多いけれど、物腰の柔らかい副社長らしい言い方だ。

「それに、翔からは最初に『期間限定の採用になると思う』って聞いてたし」

「えっ？」

「あれ？　そういう話でうちで働くことを決めたんじゃなかったんだね。じゃあ、翔が勝手にそう思い込んでたのか」

驚く私に、鵜崎副社長は不思議そうにしつつも話を完結させてしまった。

一方、私は翔がそんな風に思っていたなんてまったく知らず、そんな話をしたこともなかったため、どうして……？　という気持ちでいっぱいだった。

彼のことだから、私が望めば今後もエスユーイノベーションで働かせてくれただろう。

明確に話したことはないものの、それは間違いないはず。

(翔は私には言わなかっただけで、最初から期間限定のつもりでこの話を持ち掛けてくれてたってことだよね。それって、もしかして……)

まだ確信はないけれど、翔は私を美容師に復帰させるように導いてくれるつもりだったんじゃないだろうか。

そうじゃなくても、彼の中にはなにかしらの思惑があったに違いない。

もしなにも考えていなかったのなら、そんなことを最初から副社長に話さないはずだ。

「そういうわけだからこちらとしては当初の予定通りだし、気にしないでね」

ひとり考え込んでいると、鵜崎副社長が場を明るく照らすように微笑んだ。

「それで、退職は三月末でいいのかな？　希望があれば調整できるよ」

「ありがとうございます。ですが、三月いっぱいで退職させていただきたいと思っています」

ここでずっと勤めることができれば、生活は安定する。

けれど、スタイリストとして早く復帰するためにはたとえバイトであってもヘアサロンで働く方がいいはず。

これを翔に話すと、彼も賛成してくれた。

「わかった。もしなにか困ったことがあれば、いつでも相談してね」

短期間しか働いていないのにこんな風に言ってもらえて、本当にありがたい。

エスユーイノベーションの社員はみんな人柄がよく、役職を超えて信頼関係が築けているのもよくわかる。

私の次の就職先もこういう場所だといいな、と思った。

「そういえば、香月さん、話し方や言葉遣いがよくなったね。来客対応も何度かしてくれてたけど、最初の頃より笑顔も見られるようになったし」

「いえ、そんな……恐縮です。ですが、私の話し方や言葉遣いについては、最初に篠原さんが指導してくださったおかげなんです。あのとき、篠原さんがきちんと言ってくださらなければ、私は変われていなかったと思います」

笑顔で篠原さんを見ると、彼女は一瞬驚いたように目を見開いたけれど、すぐに「当然のことを指摘したまでです」と返されてしまった。

「篠原さんに叱られちゃったか。彼女は、俺や翔にもはっきり言うからね」

副社長は肩を竦めたけれど、篠原さんを見る眼差しはとても優しかった。

もしかして……と過った考えは口にはできない。

ただ、なんとなく当たっている気がした。

彼女は鵜崎副社長の視線を特に気にする素振りもなく、なにか言いたげに私を見据えていたものの、口が開かれることはなかった――。

それからの一か月は、平日の夜と休日のほとんどを転職活動のために使った。

専門学校時代の友人に相談したり、自分が魅力を感じるサロンを探したりしつつ面接を受け、二件のサロンから採用の連絡をもらった。

とはいえ、どちらも正社員になるためには試用期間がある。

スタイリストとしてのブランクが一年ほどある私は、最初はアシスタントとして採用されることになる。

その後、それぞれのサロンで規定になっている試験を受けて、無事に合格すればスタイリストデビューできる……という流れだ。

二月最後の金曜日、翔にそれを伝えると、彼は自分のことのように喜んでくれた。

「まずは就職先が決まってよかったな。おめでとう」

「ありがとう」

「それで、志乃の第一希望はどっちなんだ？」

「まだ悩んでるの」

ひとつは、関東圏で二十七店舗も展開している大手サロン。

都内では破格と言えるほどリーズナブルな価格帯で、客層は十代から八十代までと幅広い。

トップスタイリストには、有名なコレクションを担当した経験がある人もいるのだとか。

「私、前の職場は上司とは上手くいかなかったけど、サロンの雰囲気は好きだったし、お客様の年齢層が幅広かったおかげで経験を積めるのが早かった部分もあると思ってるの。だから、短期間でたくさんの経験を積むにはここかなって」

なにより、私のように五年ほどの経験とスタイリストだった実績があれば、一か月程度の試用期間でスタイリストとしてお店に立たせてもらえると聞き、大きな魅力を感じた。

恐らく、他店ではこうはいかない。

「でも、その顔は迷ってるんだろ？」

翔は、なんでもお見通しだ。

私が悩んでいることを見透かした彼が、「もうひとつの方は？」と訊いてきた。

「もう一軒のサロンは、そこことは全然違うんだけどね」

お店は支店も合わせて全部で三店舗しかなく、店舗面積も小規模だ。

私が面接を受けた南青山《みなみあおやま》店は、ウッド調のインテリアやグリーンが置かれたナチュラルな雰囲気で、二台のシャンプー台を含めても六席しかなかった。

他の店舗も同じだと、面接してくれた南青山店の店長兼オーナーの男性が話していた。

店舗の感じやホームページから察するに、アットホームなサロンなんだろう。

「素敵だとは思ったんだけど、経験を積むには時間がかかりそうだし、オーナーからも『半年はアシスタントをする覚悟を持って』って言われたんだ。価格帯も少し高めだから、アットホームだけどラグジュアリーな路線なのかも」

友人の中には、私と同程度の経験を経て転職した子が数人いるけれど、転職先で半年もアシスタントをしたという子はいない。

だからこそ、そこが引っ掛かっていた。

「それなら、最初に話したサロンにすればいい。ただ、志乃の中ではなにか惹かれるものがあるから、どっちがいいか悩んでるんだろ」

本当に、翔は私のことをよくわかってくれている。

「実はね、高校時代に通ってたサロンにどこか似てるの」

あのお店はさらに小さかったし、名前も違う。

ただ、面接のときに目にしたアクアリウムがあのお店のカウンターに置かれていた二匹の熱帯魚を思い出させ、どことなく懐かしさを抱いた。

「その店、もうなくなったんだっけ？」

「うん。私たちが高校を卒業した年の夏前にね」

ホームページはなかったため、夏休みに帰省するまで知らなかった。

あのときお世話になっていた夏さんがサロンの宣伝用に更新していたＳＮＳは、【閉店のお知らせ】が最後の投稿になっていた。

今はもうそれも見られないけれど、確か感謝の言葉とともに『新しい道に進みます』と記載されていたから別の職業に就いたのかもしれない。

彼女に憧れて美容師を目指したことも伝えられず、三年間も通っていたのに名字も訊けないままだった。

「それなら、両方ともきちんと見学させてもらえば？」

「えっ？　でも、そんなこと……」

「ダメ元でも、とりあえず訊いてみればいいんじゃないか」

戸惑う私に、彼はなんでもないことのように言ってのける。

「これから働く職場だし、もしかしたら長くそこにいることになるかもしれないんだ。もう一度夢を叶えるための大切な場所になるんだから、積極的になった方がいい」

「うん、そうだよね。明日、両方のサロンに連絡して訊いてみるよ」

大きく頷いて笑った翔が、私の頭を優しく撫でる。

そして、頑張れと言うかのように、唇にそっとキスをしてくれた。


翌日、早速それぞれに電話をすると、大手サロンには渋い反応をされた。

けれど、意外にももうひとつの『hair《ヘアー》 salon《サロン》 Douceur《ドウシュール》』のオーナーは歓迎してくれた。

しかも、『今日でもいいよ』と言ってもらえたため、善は急げという気持ちでお願いした。

本店である南青山店には、四十代後半のオーナーの他に女性スタイリストがふたり、そしてアシスタントの男性がひとりいるみたい。

他の店舗もスタッフの人数は同じで、麻布十番《あざぶじゅうばん》店はオーナーの奥さんが、恵比寿《えびす》店は別の男性が店長をしているそうだ。

「うちのコンセプトは、店の名前通り『優しさと心地よさの提供』ね。ひとりひとりのお客様としっかり向き合って、施術でも精神面でも最高のサービスを提供できることを目標にしてるから、そのために妥協は一切しない」

厳しい口調のオーナーは、威圧感がある。

声音からは容赦のない雰囲気が漂い、男性だということもあって萎縮してしまった。

「三か月間の試用期間中は、麻布十番《あざぶじゅうばん》、恵比寿、うちの順番で一か月ずつアシスタントをしてもらう。店長全員からOKが出たら、次はスタイリストの昇格試験だ。三人のスタッフの施術をして、それにも合格したら晴れてスタイリストだ」

さらりと説明されたけれど、それぞれの店長がどんな人かもわからない今の状況ではどういうものになるのかが想像しにくかった。

「ちなみに、合格をもらえない店舗があれば、そこでまた一か月アシスタントをして再試験に臨んでもらうから。スタイリストになるための試験は三日間で、毎日ひとりずつ施術をして店長全員で合否の判断をする」

最短でも三か月以上、上手くいかなければそれだけ時間がかかるということだ。

試用期間は三か月とはいえ、アシスタントの期間がどれだけかかるかは人によって違い、それを苦に辞めた人もいるのだとか。

「うちはやる気がない子や意識が低い子はいらないし、オーナーとしてもスタイリストとしても全力で取り組んでくれる人と働きたい。だから、経験があっても厳しいけど、一生懸命なスタッフは絶対に見捨てないから」

にっこりと微笑まれ、安堵感に似たものを抱く。

さきほどまでの雰囲気とは一変し、プライドと厳しさの中に優しさを感じた。

どうやら、オーナーの藤岡《ふじおか》さんは思ったほど怖い人ではないようだ。

スタイリストになれるまでに対する不安はあるけれど、同時に興味も深まった。

「お疲れ様～」

そんなことを考えていると、明るい声が響いた。

お客様に「いらっしゃいませ」と声をかけている誰かの足音が、こちらに向かってくる。

すぐにバックヤードにやってきたのは、四十代前半くらいの女性だった。

「あなたが面接の子ね」

「そう、香月さん。今ちょうど説明が終わったとこだよ」

「そっか。オーナーの妻で、麻布十番店の店長の藤岡夏です。はじめまして」

差し出された右手を前に、私は言葉もなく立ち尽くしてしまう。

そんな私を見て、夏さんは不思議そうな顔をした。

「あのっ……！　以前、埼玉でサロンを経営されていませんでしたか？　『サマームーン』って名前のお店で、レジカウンターに二匹の熱帯魚がいて……」

思わず尋ねてしまえば、今度は彼女が瞠目する。

私たちを見ていたオーナーも、驚いている様子だった。

「うん、してたよ。この人と結婚したときに自分の店は畳んだけど……もしかして、うちに来てくれたことがあった？」

「はい。まだ高校生だったんですけど……えっと、夏さんがお店を出された頃から三年ほど通っていたんです。サマームーンはうちの近所で……」

「香月……って、もしかして志乃ちゃん⁉」

記憶をたどるように眉を寄せた夏さんが、程なくして声を上げる。

覚えてくれていたことへの驚きと喜びで、冷静さを欠くほどの興奮が込み上げてきた。

「はいっ！」

「うわぁ、懐かしい！　すっかり綺麗になったね。それに、あの頃より明るい雰囲気になってる！　当時は高校生だったとはいえ、見違えちゃった」

憧れの人にそんな風に言ってもらえると、面映ゆくなる。

「ずっとうちに通ってくれてたよね。上京するって言ってたけど、美容師になったんだね。おめでとう！」

「ありがとうございます。でも、一年くらいブランクがあるんですけど……」

「そんなの、いくらでも取り返せるよ！　自分の腕さえ磨けばどこでだってやっていけるのが、この仕事なんだもの！　これからまた頑張ればいいんだよ！」

胸が熱くなる。

伝えたいことはたくさんあるのに、感動で泣いてしまいそうだ。

ただひとつ、確かなのは〝ここで働かない理由が見つからない〟ということ。

帰ったら、家で待っている翔に話したいことがたくさんある。

彼がアドバイスをくれなければ、私はきっと別の選択肢を取っていたに違いない。

たくさんの感謝を伝えようと決めたとき、もう自分の中に迷いはなかった。

＊＊＊

暦は、三月下旬。

桜の名所に並ぶ木々は、八分咲きになるというところ。

今日で、エスユーイノベーションを退職することになった。

手が空いたタイミングでひとりひとりにお礼を伝えていくと、木野さんは涙を浮かべながら「応援してるからね！」とエールをくれた。

重役室にも向かい、翔と鵜崎副社長にも感謝を告げる。

副社長は私たちの関係をとっくに聞かされていたようで、「これからも翔をよろしく」なんて微笑まれてしまい、どんな顔をすればいいのかわからなかった。

翔は「今日までお疲れ様」と社長としての労いをくれ、私はもう一度頭を下げて重役室を後にし、ミーティングルームの片付けをしている人に会いに行った。

「篠原さん、少しお時間よろしいですか？」

「ええ」

「今日まで本当にお世話になりました。短い間でしたが、色々とご指導いただきありがとうございました」

「こちらこそ、ありがとうございました。副社長もおっしゃっていたように、うちとしては貴重な戦力を失くすことになりますが、新しい職場でも頑張ってください」

篠原さんはきっと、お世辞は言わない。

だから、認めてもらえていたんだと知り、つい笑みが零れた。

「最後だから、個人的なことを話していいかしら」

「は、はい……！」

唐突に敬語じゃなくなったことに驚きつつも、慌てて首を縦に振る。

これまでとは違う態度を前に戸惑う私に反し、彼女は真剣な面持ちだった。

「私、甘ったれた人間が嫌いなの。自分の足で立とうとしなかったり、人に頼ってばかりだったり……。周囲にどうにかしてもらおうとする人には嫌悪感を抱くのよ。正直、あなたはそういう人だと思ってた」

ここで働き始めた頃の私は、そんな風に思われていても仕方なかったのかもしれない。

篠原さんには嫌われていると感じていたけれど、ようやくその理由がわかって納得できた。

「社長と同居していることも最初に聞いていたから、余計にそう感じたのもあると思うわ。社長の家でのんきに料理をしていたあなたに苛立ったのも事実よ」

彼女の言葉を素直に聞けたのは、きっと話し方が優しいからに違いない。

それに、今はそう思われていないというのは、さきほどの会話からも伝わってきている。

だから、私も篠原さんから視線を逸らさなかった。

「でも、あなたは違った」

不意に表情を和らげた彼女が、申し訳なさそうに息を小さく吐いた。

「きちんと努力して、自分の足で立とうとする人だった。あなたが入社して間もない頃、社長から『香月は努力できる奴だ』って聞かされたときは信じられなかったけど、今のあなたを見ているとそれがとてもよくわかるわ。……社長があなたを選んだ理由もね」

じっと見つめられて、私の中に不安が過る。

「あの……篠原さんと社長って……」

それを確かめたくて口を開けば、吹っ切れたような笑顔を向けられた。

「安心して。私はもう随分前に振られているの。あなたがうちに来たときはまだ未練があったけど、それももうないわ。だって、高校時代の初恋相手をずっと想っている人の心に入り込む隙なんてないもの」

翔と篠原さんが、どんな話をしていたのかはわからない。

けれど、第三者から彼の想いを聞かされたことが気恥ずかしくて、一瞬で頬が熱くなった。

「以前の職場でのことも少しだけ聞いたわ」

そんな私に構わず、今度は神妙な声が落とされた。

彼女の表情はどこか硬く、それでいて真っ直ぐだ。

「卑怯な人たちなんかのために、自分の意志を曲げてはダメよ。なにがあっても負けないで」

どう答えればいいのかわからなくて、ただ大きく頷く。

篠原さんは柔らかく微笑み、次いで眉を寄せた。

「社長の家で会ったとき、ひどいことを言ってごめんなさい」

「いいえ。おかげで美容師に戻る覚悟が決まりました」

謝罪を受け入れると、彼女は「ありがとう」と微笑んだ――。


その数日後。

三月最後の日を迎え、私はとある駅の改札口で翔と待ち合わせていた。

明日から新たな道を歩む私のために、彼がレストランを予約してくれたのだ。

(ちょっと早く着いちゃったな)

腕時計を見て、クスッと笑ってしまう。

自分で思っているよりもずっと、今日の私は浮かれているみたいだ。

奇しくも、ここは勤めていたサロンの本店がある最寄駅で、ふと複雑な気持ちが芽生えた。

本店では働いていないけれど、面接や研修のときにお世話になったことがある。

(でも、不思議だな……。前みたいに足が竦んだりはしない)

平岡さんからの被害を受けていたのは別の店舗だというのはあるのかもしれないけれど、それを踏まえても以前のように不安や恐怖心を煽られることはない。

間違いなく、これも翔のおかげだ。

「あれ？　香月ちゃん？」

そんなことを考えていると、ひどく耳触りの悪い声で呼ばれた。

ドクンッ……と、心臓が嫌な音を立てる。

「あー、やっぱりそうだ！」

軽薄な声音が再び鼓膜を突いたとき、頭の中で警鐘がけたたましく鳴り響いた。

「久しぶりだな。こんなところでなにしてるの？　俺は店長会議の帰りなんだけどさ」

一歩、一歩とあっという間に近づいてきたのは、平岡さんだった。

「香月ちゃんが辞めてから、もうずっと寂しくてさぁ……」

やけに明るい茶色の髪と全身を舐めるような目つきが、あの頃となにも変わっていない。

さきほどまでの幸せな気持ちはどこかに消え去り、代わりに震え始めた身体を隠すように身を翻した。

「おいおい、無視するなよ？」

逃げようとした私が足を踏み出すよりも早く、手首を掴まれてしまう。

途端、全身が大きく震え、今にも膝から崩れ落ちそうになった。

「はなして、ください……」

か細い声は、一瞬で雑踏にかき消される。

「香月ちゃん、ひどくない？　あんなに親身に面倒見てあげたのに、最後は逃げるように辞めてさ？　俺が送ったメッセージも、ずっと既読スルーだし……。ブロックしてるだろ？」

言い当てられたことも、彼の話も、ただただどうでもよかった。

今はこの場から逃げることしか考えられない。

それなのに、声は喉に張りついたように出てこなくて、立っているだけで精一杯だった。

「ちょうどいいや。ちょっと付き合えよ」

「っ……」

指先が冷たくなっていく感覚が、やけに鮮明にわかった。

手首を掴む手にさらに力が込められたけれど、私は必死に首を横に振る。

「あー、いいな。俺、香月ちゃんの怯えた顔、すっげぇ好きなんだよ。香月ちゃんみたいな子、なかなかいなくてさぁ……」

ニヤニヤと笑いながら左手まで伸ばされ、ゾッとする。

反射的に目を閉じ、座り込みそうになったとき——。

「おいっ！　なにしてるんだよ！」

聞き慣れた声が響き、背中から回ってきた腕が私を抱き寄せた。

平岡さんの手が離れ、よく知った体温に包まれる。

その瞬間、振り向かなくても後ろにいるのが翔だとわかって、涙がボロボロと零れた。

頭上からチッと舌打ちが聞こえ、彼が私を守るように前に立つ。

突然現れた翔を見る平岡さんは、眉をひそめて不服そうな顔をした。

「お前、誰だよ？」

「志乃の恋人だ」

「恋人？　……へぇ、俺の前では初心なふりしてたくせに、ヤる相手がいるんだな」

下品な言葉を投げかけられて、ますます硬直してしまう。

そんな私に反し、翔は平岡さんの腕を掴んですぐ傍の柱に押しつけた。

「つ……！　なにするんだよ!?」

「平岡圭次郎《けいじろう》、一月四日生まれ、三十五歳、妻と子どもふたりの四人家族。高校卒業後、都内の美容学校に進学。美容師資格を取り現在のサロンに就職し、系列店の店長を務めている」

「なっ……なんなんだよ、お前……」

平岡さんの顔色が変わり、頬が引き攣った。

私も、翔の口から出てくる情報に驚きを隠せない。

「お前が志乃にしたことは、証拠を取ってある。お前の素性も調べ上げてるし、今も女性スタッフにセクハラとパワハラを働いてるのも知ってるんだ」

「な、なんの話だよ……！」

「しらばっくれるのなら、別にそれでも構わない。俺は、お前の罪を咎めようと思ってるわけでも謝罪を求めてるわけでもないからな。そんなことをされても、志乃がお前につけられた傷は一生消えないんだ」

翔は、怒りを滲ませながらも淡々と言葉を吐いていく。

その横顔には、普段の彼からは想像できないほどの激しい憤怒《ふんぬ》が浮かんでいた。

「お前、なにも知らないだろ？　そいつは嫌がるふりこそしてたけど、本心では俺に触られて喜んでたよ。じゃなきゃ、普通に働けるはずがない」

平岡さんは柱に押しつけられたまま鼻で笑い、翔を睨んだ。

「……黙れよ。お前は本当に救いようのない人間だな」

「グッ……！」

翔が腕に力を込めたのか、平岡さんの表情が歪む。

けれど、翔は怒りを懐柔するように息を吐き、鋭い双眸で平岡さんを見据えた。

「お前がしたことは許さない。今後一切、志乃に近づけさせる気はないが、万が一そんなことがあれば容赦しない。お前を社会的に消すくらい、こっちは指一本でできるんだ」

温度のない笑みを浮かべた翔に、平岡さんは「ひっ……！」と声を上げた。

「それと、被害に遭ってる女性たちに優秀な弁護士を紹介しておいた。志乃や彼女たちが受けた傷以上に苦しめばいい」

呆然としていた私は、まだ上手く働かない思考で必死に状況を整理する。

翔がいったいいつそんなことをしていたのか……。

少なくとも、彼は私には一切なにも言っていなかったし、私もなにも気づかなかった。

そもそも、翔が平岡さんのことを知っていることすら不思議だ。

「行こう、志乃」

「え……？」

「こんな奴に謝罪されたって、志乃の傷は癒えないだろ？」

「……うん」

翔の言う通りだ。

どれだけ謝られても、私は平岡さんを許せない。

彼が法で裁かれたって、仮に地獄に落ちたって、刻まれた傷は残ったままだろう。

けれど、私はもう過去に囚われたくない。

まだ震えは完全には止まっていなかったけれど、翔の手をギュッと握って口を開いた。

「あなたにされたことは一生許せません。先輩だろうが上司だろうが、あなたの行為は立派な犯罪です。あなたを訴える人がいるなら、私もその人たちと一緒に戦います」

声がかすれそうだったけれど、もう絶対に負けたくないという気持ちだけで言い切った。

すると、手を強く握り返してくれていた翔が、私に優しい眼差しを向けた。

その瞬間、ようやく過去の私を救えたような気がした。

鼻の奥がツンと痛んで、さきほどとはまた違う理由で泣きそうになる。

ただ、ここで泣きたくなくて、歯を食いしばった。

翔と目で合図を送り合い、顔面蒼白状態で立ち尽くす平岡さんを置いて歩き出す。

春の夜の喧騒の中、翔と歩く私の足取りはしっかりとしていた。


駅から程近い公園に立ち寄り、翔は私をベンチに座らせてくれた。

蓋を開けたペットボトルのミネラルウォーターを渡され、「再会したときと同じだね」と言って小さく笑えば、隣に座った彼が柔和な笑みを浮かべる。

それから程なくして、翔は平岡さんを知っていた経緯を話してくれた。

色々と調べ、敦子に協力を仰いで被害者に接触してくれたこと。

そして、最近になってようやく被害者の女性たちが平岡さんを訴える準備が整ったこと。

「全部が終わるまで……いや、終わっても志乃には言わなくてもいいと思ってた。志乃はもうあの頃のことを思い出さない方がいいと思ったし、赤塚も同じ意見だったしな」

翔がどれほど私を想い、どんな気持ちで行動に移してくれたのか。

その深さを考えれば、感謝なんて言葉では言い尽くせない。

「ううん、知ることができてよかったよ。私はこれで本当に前に進めると思うから。翔のおかげだよ。本当にありがとう」

「志乃のためならこれくらい当然だ」

きっぱりと言い切った彼を真っ直ぐ見て、深呼吸をする。

「被害に遭ってた女性たちのために、私になにかできることはある？」

「……さっきは証拠があるって言ったけど、ハッタリだ」

「うん……」

「たぶん、志乃と平岡のメッセージ履歴を見れば多少の役には立つかもしれないが、あいつは意外と確信的な証拠が残るようなやり方はしてなかった。だから、訴える準備ができるまで時間がかかったんだ」

それはよく知っている。

平岡さんは必ずふたりきりのときにセクハラやパワハラを働き、メッセージも最後の【ホテルに行こう】というもの以外は一見すれば至って普通の内容ばかりだった。

ああ見えて、慎重だったのかもしれない。

「でも、証言はできる。過去を思い出すのはつらいだろうけど、ひとりでも多くの証言があればほんの少しでも刑罰を重くすることはできるかもしれない」

真っ直ぐな目には、心配と迷いがある。

翔は、本当は私には証言をしてほしくないのかもしれない。

けれど、私はもう弱いままでいたくなかった。

「わかった。じゃあ、私も証言するよ」

「いいのか？　そうなったら、きっと……」

言い淀んだ彼の手を掴み、そっと握る。

すぐに握り返され、お互いにギュッと力を込めた。

「大丈夫だよ。だって、私はもうあの頃の私じゃない。それに、私には翔がいてくれるから」

私の決意を汲み取るように、翔が真剣な面持ちで小さく頷いた。

「ああ。ずっと傍にいて、なにがあっても全力で支えるよ」

不安も、トラウマも、全部受け止めよう。

すぐに強くはなれなくても、彼がいてくれたらきっと大丈夫なはずだから。

「レストラン……今日はやめておくか。こんな気分で食べるより、他の日にまた――」

「ううん、行こうよ。嫌なことがあったから、いい思い出で塗り替えたいの。明日から新しい道を歩むからこそ、今日は笑って終わりたいんだ」

笑顔できっぱりと言い切れば、翔が一瞬驚いたように目を見開き、すぐに微笑んだ。

「うん。志乃の言う通りだ」

立ち上がった私たちは、ゆっくりと歩き出して公園を後にした。

「志乃、強くなったな」

「だって、いつまでも負けていたくないから。それに、私も翔を支えたいって思ってるから、もっと強くならなきゃ」

にっこりと笑えば、翔が頬を綻ばせる。

その瞳に喜びが浮かんでいることに気づいた直後、唇が塞がれた。

人が行き交う街のど真ん中で交わしたキスはほんの一瞬だったけれど、もしかしたら誰かに見られていたかもしれない。

ただ、今はそんなことは気にならなくて……。私は面映ゆさを抱えながらも微笑を零し、彼に寄り添うように身を寄せた。

十二章　あなたとの恋路は縁のもの

春は瞬く間に過ぎていき、私がドゥシュールで働くようになって二か月が過ぎた。

麻布十番店と恵比寿店でのアシスタント業を無事に終え、先週からオーナーのもとで学ぶために南青山店に出勤している。

「さっきまたハサミを引っかけてたね。メンテナンスが苦手みたいだけど、他では合格をもらったわけだし、ちゃんとできるはずだよ」

閉店後に残り、オーナーとマンツーマンでマネキンの髪を切り終えたところで、昨日と同じダメ出しをされてしまった。

メンテナンスとは、枝毛や切れ毛を中心に綺麗に切って整えること。

髪に対して滑らせるようにハサミを入れるのが昔から苦手で、学生時代も美容師になりたての頃も随分とこれで苦労した。

ただ、研修期間も三か月目に入った今になってできないのはよくない。

「焦らなくていい。今見てる限りでは丁寧にやればできるから」

正直、できないのは精神的なことが大きい。

オーナーの前だと緊張しすぎるのだ。

「まあ、最初に厳しいこと言ったし、緊張もするか。でも、厳しさなら夏の方が上だし、あいつのところで合格してるんだからもっと自信持ちなよ」

オーナーの言う通り、厳しさという意味ではオーナーや恵比寿店の店長の比ではないくらい、夏さんが一番スパルタだった。

彼女は話し口調も性格も優しいものの、仕事に対する厳しさはそこから想像できない。

アシスタントの段階で辞めた人がいるというのも頷けた。

逆に、厳しいイメージだったオーナーの方が、意外にも優しくダメ出しをしてくれる。

オーナーいわく、そんな夏さんのもとで最初に研修をさせるのは、本気でやる気があるのかを見るためでもあるらしい。

『夏の指導に耐えられなければ、どのみちうちではやっていけないと思うから』と——。

これが社会人一年目のときだったら、耐えられなかったかもしれない。

けれど、夏さんもオーナーも理不尽なことは一度もなく、仕事に対する姿勢には尊敬の念しか生まれない。

信頼感も増したため、どれだけダメ出しされても食らいついていこうという気持ちでいた。

クタクタの身体で帰宅すると、リビングから出てきた翔が「おかえり」と微笑んでくれた。

自然とキスを交わし、「お疲れ様」と労い合う。

「今日はいっぱいダメ出しされちゃったんだけどね……。オーナーの指導は他のふたりとはまた違って、すごく勉強になるの」

翔も土日に必ず休むわけじゃないけれど、現状ではどうしても休みが合わない。

サービス業の私の休みは平日ばかりだし、研修期間中は土日に休むのは難しい。

だから、夕食のときにその日のことを報告し合うのが日課になっていた。

「志乃、生き生きしてるよな。ダメ出しされたって言いながらも嬉しそうだし」

「だって、楽しいんだもん。きついし、自分の腕が鈍ってるのも痛感して悔しいけど、同僚たちの意識が高くて刺激されるんだ。早くスタイリストデビューしたいから、食らいついていかないと」

「ハハッ、食らいつくか。志乃からそんな言葉が出るなんて信じられないな」

笑い声を上げた翔につられて、私まで笑ってしまう。

私らしくない言葉かもしれないけれど、今は毎日そういう思いで仕事と向き合っている。

練習でクタクタになる日々は、学生時代や美容師になりたての真っ直ぐだった頃の気持ちが甦ってきて、まだまだ頑張れそうだと思える。

「翔は？　新しい企画を遂行中だって言ってたけど、どんな感じなの？」

優しい笑顔で私を見つめていた彼に尋ねれば、端整な顔が喜色を浮かべた。

「上手くいきそうだよ。やっと理解してくれる会社が出てきたんだ」

「おめでとう！　よかったね！」

「まあ、ようやくスタートラインに立てたところだけどな」

「それでもすごいよ！　ここからもっと上手くいくといいね」

「ああ。以前から何度も試作はしてたから、あとはそれをベースにもっといいものを作り上げてバグを潰すだけだ」

安堵混じりに笑った翔が、具体的にどんなことをしているのかはわからない。

もうエスユーイノベーションの社員じゃない私には、リリース前の情報を知ることはできないし、新しいアプリを開発中であることしか聞いていないから。

ただ、内情を知らなくても、彼の仕事がいい方向に進んでいるのは嬉しかった。

今回の件は、鵜崎副社長と水面下で挑戦していたものらしく、ふたりの力の入れようが相当なものだということだけは伝わってきていた。

「この件では、本当に篠原に助けられたよ。話を通すためのコネ作りや、アポ取りから先方の重役の性格や特徴のリサーチまでやってくれたんだ」

篠原さんの仕事ぶりは、相変わらずのようだった。

以前までの私だったら、こんな話を聞けば不安や嫉妬を覚えたかもしれない。

けれど、今は素直に彼女を尊敬している。

篠原さんがかけてくれた言葉を翔に話したとき、彼女が上司のパワハラとセクハラで前職を辞めてエスユーイノベーションに来た……と聞いたからだ。

『卑怯な人たちなんかのために、自分の意志を曲げてはダメよ。なにがあっても負けないで』

それを知ったあとからは、篠原さんの言葉がより深いものとなり、改めて心に留めおいた。

同時に、彼女がなぜ私に不快感を見せて厳しいことを言ったのか、さらに理解できた。

篠原さんは、つらい目に遭っても自分の足で再び居場所を見つけ、必死に努力した人だ。

そんな彼女から見れば、あの頃の私は甘ったれた人間でしかなかった。

篠原さんと比べてしまうと、どうしても自分の不甲斐なさが浮き彫りになって、ダメだった部分がよくわかる。

つい落ち込んでしまいそうになるけれど、そうじゃなくて今後に活かせればいいのだ……と思うようにしている。

人生は色々あって当たり前だ。

つらいことや失敗をどう乗り越えて糧にするか、それができなくてもどんな風に向き合うかで、きっと変わっていける。

最近になって、ようやくそう思えるようになった。

＊　＊　＊

目まぐるしい日々の中、七月も半分が過ぎようとしていた。

今日は休暇をもらっている。

以前から『この日は友人の結婚式があるんです』と話していたため、オーナーが快くシフトを調整してくれた。

三か月の試用期間が終わったタイミングだったのは幸いだ。

「うぅ……緊張する……」

豪華絢爛な披露宴会場で顔を強張らせる私に、隣に座る翔が明るく笑った。

「何度も練習したんだから大丈夫だよ。深呼吸して落ち着いて」

彼の声を聞くと安心できたものの、緊張はなかなか消えそうにない。

私はこの大切なお祝いの場で、敦子の友人としてスピーチを請け負うことになっている。

何度も原稿を書き直し、翔の前で練習してアドバイスをもらい、準備を進めてきた。

とはいえ、本番の緊張は想像以上で、高砂《たかさご》で幸せそうに微笑み合うふたりを見つめながら深呼吸を繰り返した。

「ほら、諏訪！　可愛い彼女が困ってるんだから、もっと優しく慰めてやれよ」

そんな私と翔のやり取りに、同じテーブルの川本くんがニヤニヤと口元を緩めている。

どうやら、川本くんは私たちのことをからかいたくて仕方がないらしい。

「川本、うるさい。ちょっと黙ってろ」

「志乃はあんたと違って繊細なの！」

「志乃、川本の図太さを分けてもらいなよ」

翔の言葉を皮切りに、同級生たちが川本くんを攻撃する。

もちろん、それは冗談めかしたもので、川本くんも「女子、怖いんだけど」と笑っている。

(こういう雰囲気、ちょっと懐かしいな)

「だいたい、ふたりのことは今訊かなくてもいいでしょ。どうせ三次会まで行くんだし、そのときに吐かせればいいじゃない」

「えっ……!」

緊張が解れそうだったタイミングでとんでもない発言が飛んできて、絶句してしまう。

味方だと思っていた女友達は、ひとまず追求せずにいてくれるだけらしい。

「だって、ふたり仲良く式場に来たと思ったら、付き合ってるなんて言うんだもん。あのときは敦子しか知らなかったとはいえ、結果的に色々協力した身としては……ねぇ?」

「うんうん。諏訪くんのために貴重な女子会に男子を入れてあげたんだから、ビールくらい奢ってもらわなきゃ」

「いくらでも奢るよ。でも今は、志乃を困らせないでやって」

翔が私を庇うように微笑むと、女性陣は「イケメンは中身までイケメンだわ!」と色めき立ち、川本くんは呆れたように息を吐いた。

その後、敦子のウェディングドレス姿に感動し、無事にスピーチを完遂できたあとには、みんなからの質問攻めに翻弄される夜を過ごしたのだった——。

七月最後の日。

私はようやくオーナーからもアシスタントとしての合格をもらえ、来週にはスタイリストデビューのための試験を受けることになった。

残念ながら最短の三か月では合格がもらえず、南青山店でのアシスタント業を一か月延長しなければいけなかったけれど、なんとか乗り切れてひとまずホッとした。

試験は八月五日から七日で、十日に結果が伝えられる。

それに合格できれば、お盆休み明けからはドゥシュールのスタイリストだ。

施術を受けてくれるのは、ふたりのアシスタントスタッフと夏さんになった。

「おめでとう。これでまた一歩、スタイリストデビューに近づいたんだな」

帰宅後、すぐに翔に報告すると、彼は心底喜んでくれた。

「うん。試験のことを考えると緊張するけど、頑張るよ」

「志乃がドゥシュールでスタイリストデビューしたら、今度こそ最初の客になりたいな。さすがに仕事は休めないし、難しいだろうけど」

「土日にデビューさせてもらえたらいいんだけど、たぶんそれはないかな」

「そうだよな。そういえば、志乃がスタイリストデビューして最初に担当した客って、どんな奴だった？　もしかして男だった、とか？」

最後の質問の中にわずかな嫉妬が見え隠れし、クスッと笑ってしまう。

翔いわく、私の最初のお客様になれなかったことが、意外と悔しかったらしい。

もう諦めていたものの、付き合うようになったことで再びそんな気持ちが芽生えてきたのだとか。

「最初のお客様は敦子だよ」

当時、私がスタイリストデビューできることを報告すると、有休を使ってまで敦子が来店してくれたのだ。

緊張でいっぱいだった私は、十時前に店内に入ってきた彼女を見て心底ホッとできた。

『親友の一生に一度しかないデビューは見ておかなきゃと思って。失敗しても笑い飛ばしてあげるから安心して切ってよ』

そう言ってくれた敦子の明るい笑顔は、今でも鮮明に思い出せる。

懐かしい思い出を翔に打ち明けると、彼から複雑そうな苦笑を返された。

「まさかの赤塚か。俺の一番のライバルは赤塚かもしれないな」

「ふふっ、なにそれ」

「実はさ、結婚式のときに『志乃と付き合ってるのは諏訪くんだけど、志乃のことを一番理解してるのはまだ私だと思う』って言われたんだよ。正直、『そんなことない』とは言い返したけど、赤塚に負けてるかも」

私が知らないところでそんなやり取りがあったなんて、なんだか感動してしまう。

やっぱり、彼女は私の一番の親友だ。

八月五日から七日の三日間で試験を受けた私は、結果が出る今日、言いようのないほどの緊張感に包まれていた。

あの三日間は、緊張しすぎたせいで頭が真っ白になりそうだった。

アシスタントのふたりのうちひとりは、髪を十センチほど切ることになり、ヘアカラーを。

もうひとりは、傷んだ部分を切り揃えるのをメインに、パーマを施した。

そして、夏さんには『お任せで』と丸投げされ、これが一番難しかった。

彼女の好みを把握した上で、普段のお手入れ方法やスタイリングで使用しているものを訊き取り、生活スタイルに合わせて施術しなければいけない。

数回ほど担当すればわかるそれらも、初めてのときにはなにも情報がない状態だ。

厳しい夏さんらしいオーダーだと思った。

正直、すべてがスムーズだったとは言えないけれど、今の私の力は出し切れたはず。

苦手だったメンテナンスでも一度もハサミを引っかけなかったし、施術後に鏡を見た三人は笑顔だった。

もちろん、今回の結果がダメだったとしても、またチャンスはもらえる。

けれど、そんな気持ちでは結果がついてくるとは思えなくて、決死の覚悟で受けたのだ。

だからこそ、緊張も大きくなり、今朝は翔の前でも上手く笑えなかった。

それなのに、彼はそんな私のことを抱きしめてくれた。

『志乃なら大丈夫。もっと自分を信じてもいいと思うよ』

今朝、玄関先で私を見送ってくれた翔は、揺るぎのない瞳と優しい笑みを向けてきた。

退職した頃からずっと自信を失くしていたけれど、彼の言葉ひとつでもうあの頃とは違うと再確認でき、自分自身を信じられた。

鎖骨で輝くネックレスに触れれば心は幾分か軽くなり、一思いにお店のドアを開けた。

「おはようございます」

「おはよう。悪いね、早く来てもらって」

先にオーナーと夏さんが来ていて、ふたりは顔を見合わせたあとで私を見た。

「じゃあ、あまり時間もないから結果を伝えるね」

オーナーの神妙な声が、この場の空気を揺らす。

心臓がバクバクと脈打ち、無意識にこぶしを握る。

オーナーを見つめ返しながら、息が止まってしまいそうだった。

程なくして、オーナーの手が目の前に差し出された。

「おめでとう。来週から晴れてドゥシュール麻布十番店のスタイリストだ」

お礼を紡ごうとした唇が震え、胸の奥からは激しい熱が込み上げて鼻がツンと痛くなる。

数秒も経たずに心は喜びで満ち、涙を拭ってオーナーの手を握り返しながら頭を下げた。

「ありがとうございます……っ！　これからも頑張ります！」

「志乃ちゃん、おめでとう。言っておくけど、私は甘やかさないから覚悟しててね」

望むところだ。きっと、ドゥシュールでなら私の夢を実現できる。

そのための努力なら惜しまないし、憧れの人のもとで働ける幸運をムダにする気はない。

「明後日から十六日まではお盆休みだし、今日はこのまま夏と麻布十番店に行ってもらうよ。

十七日の午前中は少し練習して、午後からデビューだ」

来週のことを考えてワクワクした。

不安もあるけれど、それよりも胸が弾んでいる。

翔に早く言いたい。

また一歩進めたことを伝えれば、彼は自分のことのように喜んでくれるはず。

そんな翔の姿を想像すれば、今すぐに彼に会いたくなった——。


お盆休みは初日だけお互いに実家に帰り、二日目はその足で温泉旅館で一泊し、三日目の夕方に家に戻った。

四日目には真夏だというのにテーマパークに行き、ふたりしてクタクタになるまで遊んだ。

お互いの休暇が丸々重なったため、普段できないことをしようと決めたのだ。

五日目の今日は疲れ切ってしまい、正午を過ぎてもまだベッドから出られないのだけれど。

「そろそろ起きない？　お腹空いたでしょ？」

「うーん……もうちょっとこのままがいい」

ぎゅうっと抱きしめられ、素肌に触れる翔の身体の面積が大きくなる。

密着した身体にはなにも隔てるものがないから、つい昨夜の甘い情交を思い出してしまう。

けれど、甘えたような彼が可愛くて、お腹の虫が鳴かないことを願いながら逞しい胸板に頬をすり寄せた。

「……そういう可愛いことするのか」

「ダメ？」

「別にいいよ、志乃がこのまま俺に抱かれたいならね」

「……っ！」

低い声で紡がれた囁きには、色香がしっかりとこもっていた。

吐息が触れた耳朶からゾクゾクとしたものが走り抜け、うっかり流されそうになる。

「ダ、ダメッ！　そうなったら夕方になるでしょ！」

「ふぅん、志乃はそんなに濃厚なのをご希望ですか？」

「ちがっ……！　そうじゃないから！」

甘ったるくなった空気を変えるように、「お腹空いたね！」と身体を離す。

翔は楽しげに笑うと、再度私の身体を引き寄せた。

「残念。俺のスイッチが入ったから、逃がさないことにした」

言うが早いか、彼の手が私の胸に触れる。

「んっ……ダメだってば……」

「ダメそうな声じゃないけど？」

からかうように言われて、眉を下げてしまう。

図星だったけれど、このまま流されるわけにはいかないと、翔の身体を押した。

「シャワーを浴びて、ご飯にしようよ？　ね？」

「……いいよ」

珍しく素直に聞き入れてくれた彼に、密かにホッとする。

「きゃっ……！　翔!?」

ところが、翔は全裸のまま起き上がると、なにも着ていない私をサッと抱き上げた。

「シャワー、浴びるんだろ？」

しまった……と思ったけれど、もう遅い。

ろくな抵抗もできないままバスルームに連れ込まれ、彼はシャワーを出したのとほとんど同時に私の唇を塞いだ。

「ぁっ……んんっ」

いきなり舌を差し込まれて、私の舌が捕らえられる。

ねっとりとねぶられたあとでちゅうっと吸い上げられ、膝がわずかに震えた。

さきほどの行為を繰り返すように、再び骨ばった手が私の胸に添えられる。

手のひら全体でゆるっとこすられただけなのに、まだ小さな先端への刺激に吐息が漏れた。

「志乃の身体ってどこもかしこも柔らかいよな。ずっと触っていたくなる」

うっとりとしたように上ずった声が、私の愛欲を膨らませていく。

流されるわけにはいかないと思っていたことなんて、どうでもよくなってしまった。

翔はそんな私の内心を見透かすようにふっと笑い、乳房を下から持ち上げるようにした。

やわやわと揉み、形を確かめるように愛でてくる。

かと思えば、器用な指先でふたつの粒を摘まんでは転がし、ときにキュッと引っ張られる。

「ん、っ、はぁっ……」

降り注ぐシャワーの中で、お互いに求め合っているのがわかる。

胸を愛撫されたまま突起に舌を這わされると、気持ちよくてたまらなかった。

舌が赤く色づき始めた先端の周囲をたどり、ぷくっと膨らんだ場所を吸い上げてくる。

軽く歯を立てられたときには、腰が跳ねるように震えてしまった。

「あんっ！　アッ、ぁっ、あぅっ」

熱気がこもったバスルームには、私の甘ったるい声が反響している。

初めて一緒にお風呂に入っているという現実よりも鮮明な快感に、思考が奪われていく。

片方は指で、もう一方は舌で転がされ、いつしかそこは腫れたようにツンと尖っていた。

「志乃、ここをいじられるのが好きだもんな？」

劣情がこもった目で見上げてくる彼に、胸の奥が高鳴る。

ときめきに心が奪われている間に翔の右手が下りていき、内ももを一撫でしてから柔毛の中を探り出した。

「ここも可愛がろうな？」

まるで小さな子に言い聞かせるような言い方なのに、その声色は色気で満ちている。

長い指が脆弱な花芽を見つけた途端、私の全身が大きく跳ねた。

「あっ……」

クルッと回すようにされ、そのままクリクリと捏ねられる。

下から押し上げるようにされるともうたまらなくて、秘孔からシャワーのせいじゃない雫が零れたのがわかった。

「志乃、キスしよ？」

甘えたような声が耳に届き、すぐさま応えるように彼と唇を重ねる。

刹那、蜜粒をいじくっていた指が離れ、蜜口から押し入ってきた。

「ああぁっ……」

いきなり二本の指を挿入され、喉が仰け反る。

けれど、離れてしまった唇はすぐにまた塞がれ、呼吸すら奪い尽くすような勢いで舌を搦め取られた。

「ふっ……ぅっ、んっ……ふぁっ」

唇を重ねているせいで、息が上手くできない。

それなのに、節くれだった指は容赦なく私のナカを嬲り、暴こうとする。

襞を伸ばすように丹念に撫で、付け根まで押し込んだかと思えば、今度は下腹部の裏側ばかりをこすってきた。

指が抜き差しされるたび、隘路から蜜が滴たる。

熱くて、苦しくて……けれど、気持ちいい。

普段よりも強引な愛撫にすらときめいて、今すぐにでも果ててしまいそうだった。

「志乃……」

ハッと息を吐き捨てた翔が、熱と劣情がこもった瞳で私を見つめてくる。

その瞬間、二本の指を挿入されたまま親指で花芯を押しつぶされて……。

「っ――！　ぅあぁぁあっ」

私は全身を大きく震わせながら達し、一気に脱力した。

カクンッ……と膝から崩れ落ちそうになった私を、彼が抱き留めてくれる。

「志乃のナカに今すぐ挿りたい。……いい？」

こめかみにくちづけられたあと、かすれた声で乞われた。

まだ呼吸が整わないのに、うっかり頷いてしまう。

そこでバスルームには避妊具がないことに気づいた私が翔を見ると、彼は屹立に薄膜を被せようとしているところだった。

「それ……」

「ちゃんと持ってきておいたんだ」

当然のように言われて、翔の準備のよさに驚いてしまう。

「俺が志乃と一緒に風呂に入って、最後まで我慢できるはずがないだろ？」

堂々たる言い草に、思わず感心しそうになりながらもなんて答えればいいのかわからない。

そんな私を余所に、準備を整えた彼がチュッとキスをしてきた。

「ちゃんと俺に捕まってて」

掴まれた両腕を翔の首に促され、私は不思議に思いつつも言われた通りにする。

直後、私の左脚を持ち上げた彼が、熱芯を秘所に押しつけてグッと力を入れた。

「あっ……！」

私が状況を把握するよりも先に、蜜洞に先端が押し込まれる。

ぷっくりとしたそこが軽く引っかかったのは一瞬のことで、翔が腰を突き出すようにすると少しの強引さを持って奥まで挿入された。

「あんっ……」

圧迫感に息を詰めてしまい、彼も苦しそうに眉を寄せる。

「やばいな……。グズグズで気持ちいい……」

色っぽく微笑む翔に心は喜びながらも、不安定な体勢の身体には余裕がない。

気を抜けば倒れそうで、急に不安になって彼の首にさらにぎゅうっとしがみついた。

クッ……と耳元で苦しげな吐息が零され、私の体内を埋め尽くす怒張がビクッと跳ねる。

質量が増したのはたぶん気のせいじゃなくて、さらに苦しくなった。

「ダメだ……我慢できない」

そう言った翔が腰を引き、雄杭が抜ける寸前で戻ってくる。

性急に始まった律動は、最初から激しかった。

収縮する襞を押し広げるようにこすり上げられ、手前も奥も左右も余すことなく嬲られる。

ときに引っかかれたり、グイグイと押し上げられたり、はたまた奥を優しくトントンと突かれたり。様々な方法で蜜筒を抉られて、あっという間に愉悦が膨れ上がった。

「んっ、アンッ、あっ……あぁっ……」

視界が揺れ、湯気が漂うバスルームの中に私の嬌声がこだまする。

甘く苦しい感覚に追い詰められていき、彼にしがみ続けるだけで精一杯だった。

「志乃……志乃っ……！」

譫言《うわごと》のように呼ばれるだけで心が震え、翔の腕の中で喜悦の彼方に駆けていく。

内壁を激しくいたぶられ、最奥をガツガツと穿たれ、指先から脳まで痺れていった。

思考が白み、なにも考えられなくなる。

「あんっ、あっ……！　あああぁぁぁぁっ……！」

そう時間をかけず、私は全身を大きく戦慄かせて果ててしまった。

数瞬して、彼が腹筋をビクビクと震わせる。

同時に充溢し切った楔がドクンッと脈打ち、薄膜越しに小さな振動を感じた。

欲を吐き出したのだとわかって、愛おしさが込み上げてくる。

「志乃」

翔に呼ばれて顔を上げると、愛していると言わんばかりに優しいキスが降ってきた。

それからしばらくは手足が痺れていた私の身体を、彼がくまなく丁寧に洗ってくれた。

私が断っても、『いいからやらせて』とそれはそれは嬉しそうに微笑んで。

結局、全身を拭いて髪まで乾かしてもらい、『ちょっと休もう』とベッドに逆戻りするはめになったけれど……。正直、一度横になりたかったから助かった。

と思っていたのも束の間。

「あの……翔……。その、足に翔のが……」

向き合って私を抱きしめている翔の下肢が熱くて落ち着かない。

太もものあたりに硬いものが当たっているのも、たぶん気のせいじゃない。

「うん……。今、欲望と戦ってるとこ」

「もうできないからね⁉」

つい強い口調になったのは、激しく抱き合ったのは今日だけじゃないから。

昨夜どころか二日目の旅行以降、毎日している。

それも一度で終わらず三回も抱かれた日もあって、さすがにもう限界だった。

「あと一回くらい――」

「本当に無理だから！　明日は仕事なのに立てなくなるでしょ！」

必死に言って逃げようともがくと、私を抱きしめる腕の力がますます強くなった。

「わかったわかった。もうシないから、あと五分だけ抱きしめさせて。ゆっくりできるのは今日までだし、明日からはお互いまた忙しくなるんだからいいだろ？」

私の髪を一撫でして「な？」と瞳をたわませた彼が、頬と唇にそっとキスを落とす。

それだけで言い包められてしまう私は、なんて簡単なんだろう。

惚れた弱みって、きっとこういうことを言うんだ。

そんなことを考えていても心は幸福感で満たされていて、お盆休み最終日は優しい空気に包まれながら終わった――。


翌日、翔を見送り、三十分ほどして私も出勤した。

「いよいよ今日からね。午後一番に早速カットに入ってもらうわよ。新規のお客様だから指名をもらえるように頑張って」

夏さんの指示に返事をしてから普段通りに準備を終え、一番奥の席で練習を始めた。

お盆休み中も家で少しは練習したけれど、やっぱりお店の方が気が引き締まる。

あっという間に午後になり、ドアが開いてお客様が入ってきた。

「いらっしゃいま――!?」

「こんにちは。カットの予約を入れてる諏訪です」

「……っ、なんで……」

「だって、志乃の再デビューの最初の客になりたかったから」

そう言って笑うのは翔で、会社にいるはずの彼が目の前にいることに驚きを隠せない。

呆然としていると、手が空いた夏さんがやってきた。

「彼ね、志乃ちゃんのデビューが決まった翌日に連絡をくれて、『内緒で予約させていただけませんか?』って。事情を訊いたら恋人だって言うから協力しちゃった」

にこにこと笑う彼女と翔に、サプライズを仕掛けられてしまったみたいだ。

まだ平静を装えなかったけれど、なんとも彼らしい。

「仕事は大丈夫なの？」

「半休を取ったんだ。タケには呆れられたけど」

肩を竦める翔は、私が思っている以上に〝一番〟にこだわっていたようだ。

嬉しいけれど、夏さんに恋人を紹介するのは恥ずかしかった。

「ほら、お客様を早くご案内して」

「は、はい……。それでは諏訪様、こちらへどうぞ」

店内に案内して、椅子に座った翔と鏡越しに目が合う。

悪戯が成功した少年みたいな顔をした彼は、まるで高校生の頃の〝諏訪くん〟だ。

「今日はどのようにされますか？」

「お任せします」

けれど、私は無邪気さを覗かせた翔の笑顔に弱いのだ。

仕事中だというのに彼にときめいてしまい、そんな自分を叱責しながら「かしこまりました」

と微笑んだ。

＊　＊　＊

ドウシュールのスタイリストとしてデビューしてから、二か月が経った。

担当できるのはまだほとんどが新規のお客様だけれど、最近は少しずつ指名をもらえるようにもなり、徐々に手応えを感じている。

夏さんは相変わらず厳しい反面、たくさん褒めてもくれる。

そんな日々は、とても充実していた。

今日が休みだった私は、日が暮れた頃にエスユーイノベーションの最寄駅に降り立ち、車で迎えに来てくれた翔の運転で都内にある『グラツィオーゾホテル』に向かった。

彼が予約してくれていたのは、ホテル内にあるレストラン。

四十一階建てのラグジュアリーホテルの最上階に店を構えるフレンチ専門店で、何度もテレビや雑誌で見たことがある。

今朝、彼がフォーマルワンピースを着るように進言してきた理由に納得する。

いいお店に行くのかもしれないとは思っていたものの、予想以上のことに気後れした。

「ねぇ、ちょっと高級すぎない？　特になにかあるわけじゃないのに……」

今日は十月十五日。

翔はもう覚えていないだろうけれど、高校生だった私たちが夢を打ち明け合った日だ。

彼とのあの思い出に救われたことが何度もある。

ただ、それは私の中だけの話だし、他にこれといった記念日はない。

翔の誕生日は四月十五日で、私の誕生日は六月十五日。

一年記念日は、先月の十一日だった。

「いいんだ」

私を見つめる翔が、いつものように微笑んだ。

彼の右側の大きな窓からは都内の夜景が見下ろせ、店内の雰囲気もロケーションも最高としか言いようがない。

シャンパンで乾杯すると、アミューズのスモークサーモンといくらの冷菜、じゃがいもと数種類のきのこを包んだオムレツがアントレとして運ばれてきた。

栗かぼちゃのポタージュは甘みが強く、素材の味を存分に感じられた。

ポワソンには、真鯛のナージュ仕立て。ビシソワーズのような白いスープの中に真鯛のポワレが入れられ、バジルソースとのコントラストが美しかった。

りんごとジンジャーのグラニテは、さっぱりとしていて口当たりがよかった。

ヴィヤンドゥは、薩摩仔牛を使用したフィレ肉のロッシーニが振る舞われ、肉の上に載ったとろりとしたフォアグラがソースの味を引き立てている。

ふじりんごのコンポートのアヴァンデセールには赤ワインソースがよく合い、デセールの金糸のような飴細工が施されたモンブランは甘くてふわふわの食感が最高だった。

とにかく「おいしい」としか言えなかったけれど、翔も共感してくれていた。

「素敵なお店に連れてきてくれてありがとう」

笑顔が絶えない私に、彼も瞳をたわませている。

「俺も志乃と来られて嬉しいよ。なにより、志乃が喜んでくれてよかった」

翔は本当に素敵な恋人だ。

誰よりも私を大切にしてくれ、いつだって私を幸福感で満たしてくれる。

この先の未来を彼がどう考えているのかはまだわからない。

けれど、私は翔とずっと一緒にいたいと思っているからこそ、彼には私以上の幸せを感じていてほしい。

「志乃」

そんなことを考えていると、真剣な眼差しを向けられた。

私もつられてしっかりと向き直るように見つめ返せば、端整な顔に微笑が浮かんだ。

「俺は志乃が思ってるほど、いい奴なんかじゃない。甘やかすのは志乃だからで、志乃以外なら尽くそうとも思わない」

「突然どうしたの？」

強張っているような声音に、わずかに戸惑う。

それなのに、翔は私の質問には答えてくれず、緊張感が混じったような笑みを零すだけ。

「どこか弱そうに見えて芯が強いところも、つらい目に遭っても立ち直ろうとしていた努力家なところも、俺に見せてくれる笑顔も涙も、ちょっと拗ねた表情も……全部が愛おしいって思う。きっと、この気持ちはこの先もずっと変わらない」

胸が大きく高鳴る。

感じていた戸惑いなんてどうでもよくなって、唐突すぎる彼の話だけが鼓膜をくすぐる。

「志乃がつらいときは傍にいたいし、泣きたいときには抱きしめてあげたい。なにもかもから守るなんて無責任なことは言えないけど、いつだって一番近くで支えたい」

嬉しくてたまらないのに上手く笑えなくて、唇が震えてしまいそう。

「だから……」

刹那、テーブルに小さな箱が置かれ、一瞬息が止まった。

骨張った手がそれを開けると、大きな輝きを纏う美しい宝石が目の前に現れた。

幾重にも光を放つダイヤモンドを数秒見つめ、再び顔を上げたとき。

「俺と結婚してください」

真っ直ぐな双眸で私の瞳を捉えた翔が、まばゆい夜景よりも美麗な笑みを湛えた。

「……っ！」

溢れかけていた涙が、瞬く間に視界を歪めていく。

夜景ごと滲んだ彼の表情はちゃんと見えないけれど、きっと柔和な瞳で私を見つめている。

胸がきゅうっと締めつけられて、心いっぱいに愛おしさが広がる。

好きよりも、愛しているよりも……もっと大きくて深い想いが溢れ出す。

けれど、それよりもふさわしい言葉を見つけられなくて、私はただただ涙を零しながら何度も大きく頷いた。

「私も、翔の傍にいたい……。ずっとずっと、翔と生きていきたい。だから……ふつつかものですが、よろしくお願いします」

想いを伝えてプロポーズを受ければ、翔が喜びいっぱいに破顔した。

眩しいくらいの笑顔が、幸せだ……と教えてくれる。

きっと、まだまだ私がもらった幸福感の方が大きい。

それでも、私も彼を幸せにできるのだと確信できた。

「志乃、左手を出して」

言われた通りにすれば、翔が私の左手の薬指にエンゲージリングをはめ、どこか感慨深そうにも見える顔でそこを見つめた。

シンプルな一粒ダイヤの指輪は不思議なくらい私の指にぴったりで、彼が今日のために私に内緒で準備してくれていたんだとわかる。

私だけの特別だった日が、今日からはふたりにとっての記念日に変わる。

それもまた嬉しくて、この日にプロポーズしてくれたことが運命だと思えて仕方がない。

いつかこのことを話そうか。もう少しだけ私の中に留めておこうか。

そんなことを思う私からは、喜びに満ちた笑みが零れていた。


数十分後、私たちはエグゼクティブスイートのベッドの上で重なり合っていた。

レストランを後にすると、翔は私を四十階の部屋に誘った。

そして、そのままキングサイズのベッドに私を沈めてしまったのだ。

テーブルに用意されていた大きな花束も、窓一面を彩る美しい夜景も、ほんの数秒しか堪能する暇がなかった。

けれど、心と身体が高揚しているのは私も同じで。甘いキスひとつで、まんまと彼の思い通りになっていた。

熱い吐息を漏らせば呼吸すら飲み込むようなくちづけをされ、息がどんどん乱れていく。

衣服をすべて剥がれた頃には、夢中で唇を貪り合っていた。

節くれだった指が、私の弱い部分を愛でるようにくすぐり、甘く切ないような感覚を絶え間なく与えてくる。

甲高い声を漏らせば、いっそう悪戯な動きを見せた。

指とともに唇や舌で触れられると、もうどうすることもできない。

身体はあっという間に陥落させられ、自分のものじゃないような嬌声を上げてしまう。

私を見下ろす面持ちにはいつもの余裕はなさそうで、その瞳には鋭い光と雄の欲望を覗かせている。

私を欲する表情に、ゾクゾクさせられた。

「志乃っ……！」

「……っ、翔……」

ピンと張られたシーツのあちこちに皺が生じるほどの、激しい情交。

それなのに、私を抱きしめる腕は優しくて、大切にされていることを肌で感じられる。

キスを重ねるほどに愛おしさが増し、縋りつくように翔の頭を掻き抱いた。

注がれ続けた痺れるような感覚を受け止められなくなったとき、私たちはお互いの名前を呼び合いながら身も心もとろけるような甘美な渦の中に堕ちていった――。


失いかけていた意識の片隅で、翔が口移して水を飲ませてくれるのを感じる。

かすれた声しか出せなかった喉を冷水が潤し、与えられるだけ飲み干した。

「このまま眠っていいよ。明日の朝、ちゃんと起こしてあげるから」

私を抱きすくめるようにした彼が、額や髪にキスを落としていく。

柔らかなくちづけが心地よくて、瞼を閉じたまま硬い胸板に頬をすり寄せた。

まだ話したいことがたくさんある。

情事の合間に紡いだ言葉なんかじゃ私の想いを伝え切れなくて、もっとたくさん〝好き〟も〝愛してる〟も言いたい。

それなのに、身体が重くて瞼を開けない。

だから、せめて一言だけでも告げようと、唇をそっと動かした。

「翔……大好きだよ……」

囁くような言葉を最後まで声にできたのかはわからない。

「おやすみ、志乃。愛してるよ」

けれど、返ってきた声が幸せで満ちている気がして、私は翔と育んだ恋に運命を感じながら意識を手放した。

エピローグ　Side Sho

俺には、ずっと忘れられなかった人がいた――。

高校時代の同級生で、可愛い容姿で控えめな性格だった女の子。

モテるのに異性が苦手で、男子の前ではいつもビクビクしていて。けれど、ふと見せるどこか凛とした雰囲気を纏う横顔に、無性に惹きつけられた。

そんな志乃への想いを自覚していたにもかかわらず、結局は告白もできなかった。

そのくせ衝動的にキスをして彼女を傷つけた状態で高校を卒業することになり、必死に自分の中の想いを押し込めて初恋を燻ぶらせたまま何年もの月日を重ねた。

恋人がいなかった……とは言わない。ただ、本当の意味で心が惹かれたのはたったひとりで、そのせいで誰とも長続きしたことがなかった。

卒業して五年後に一度だけあった同窓会では、彼女の友人の赤塚いわく仕事で欠席し、会えるかも……という淡い期待は叶わなかった。

だからこそ、友人たちの協力のおかげで志乃と再会できたときは、一目見た瞬間から喜びと感動で頬が緩みそうになったほどだ。

紆余曲折を経て、ようやく実った想い。

とはいえ、異性にトラウマを抱えている彼女には軽く触れることしかできず、己の欲と戦う日々は続いた。

同居を始めた頃から何度も志乃に触りたくて、そのたびに鋼の意志で自身を止めた。

しかし、恋人という関係性になれた瞬間から浮き立った心が暴走しそうになり、彼女と一緒にいて欲に負けそうになったことは一度や二度じゃない。

ようやく志乃へのキスが叶ったときには幸せで、そしてまたしても欲情する心と身体を叱責する日々を送るはめになったのも、今では少しだけ笑えてしまう。

彼女のためとはいえ、どんな極上の料理よりも甘美なご馳走を前にして耐え抜いた自分を褒めたいくらいだ。

そんな日々を経て志乃を抱いたあの夜、あまりの感動に思わず泣きそうになった。

けれど、彼女の吐息も表情もすべて覚えていたくて、失いそうな理性を必死にとどめ、自身の目と記憶に焼きつけた。

志乃が美容師として復帰すると言い出したとき、とうとうこの日が来たか……と少しばかり寂しくもなった。

それでも、彼女のことを誰よりも応援していたいのも本心で、その背中を精一杯押した。

うちで働いていた頃の志乃は、慣れない仕事を一生懸命頑張る姿が微笑ましくて、タケから何度『顔が緩んでるぞ』と呆れられたかわからない。

彼女のそういうところが見られなくなるのは名残惜しかった反面、転職後にどんどん生き生きしていく姿に惚れ直したのは俺だけの秘密だ。

プロポーズは特別な日にしたいと思っていた。

再会した日、志乃の誕生日、付き合った記念日。

候補はたくさんあれど、俺が選んだのは十月十五日。

なぜその日にしたのかを、きっと彼女は知らないだろう。

まさか夢を語り合った日付まで覚えていた……なんて、さすがに未練がましくて言えるわけがない。

言い訳するのならば、記憶力はそれなりにいい方で、たまたま覚えやすい日だったからだ。

高校時代、偶然耳にした志乃の誕生日が自分と二か月違いであることを知り、夢のことを話したのがちょうど俺の誕生日の半年後だった。

日付がすべて十五日というのがまた記憶に残り、十年経った今もしっかりと覚えている。

ちなみに、お互いの夢を話すに至った経緯は、放課後の図書室で俺がプログラミングの書籍を探していたから。

図書委員で残っていた彼女がそれを見つけてくれ、他愛のない会話の流れから誰にも話したことがなかった目標を打ち明けていた。

あの日の夕日に照らされた志乃は、息を呑むほどに美しかった。

心のすべてを奪われるようで、彼女の表情から一瞬たりとも目が離せなかった。

記憶に焼きついたままの俺だけの思い出の日を、志乃にとっても特別な日になるようにしたくて。そんな邪な考えのもと、プロポーズをしたのだ。

もっとも、仕事が一段落したタイミングだったというのも理由のひとつではある。

二年ほど前から、電子書籍関連のアプリ開発に着手していた。

といっても、具体的な依頼や取引先があったわけではなく、あくまでこちら側の持ち込み企画として進めていたものだ。

A社・B社・C社で購入したものをうちで開発したアプリで纏めて表示でき、どの電子書店でなにを購入したのかが一目瞭然になる。

お知らせ機能も連携でき、新刊の発売日などの通知もしてくれる。

読書もこのアプリを経由すればそのままできるため、複数の電子書店を利用しているユーザーが多いという市場調査を踏まえ、電子書籍市場が大きくなった近年なら需要があるだろうと見越してのことだった。

けれど、実際にはなかなか上手くいかなかった。

うちのアプリと電子書店との連携が必要で、ライバル社同士の兼ね合いなどもあり、初めて話を持ち込んだときはどの会社でも門前払いされたのだ。

当然ではあるが、タケと頭を抱えた。

さらには、試作用に開発したアプリにはバグも多く、難航するばかり。

何度も頓挫してしまうかと思ったが、彼とふたりで開発を進める傍らで、篠原にも随分と助けてもらい、どうにか話を聞いてくれる企業が見つかった。

そうした日々を経て、先日ようやくリリース日が決まったのだ。

心が折れそうだったとき、俺を奮い立たせてくれたのは志乃だった。

不条理な目に遭って深く傷つき、足掻いていた彼女は、それでいて高校時代の夢を抱えたままで。不安とトラウマに負けそうになりながらも、逃げずに向き合っていた。

そんな恋人の姿を見て、俺が折れているわけにはいかない。

努力する志乃を誰よりも一番近くで見ていたからこそ、そしてその姿に励まされたからこそ、これからもずっと彼女と一緒にいたいという気持ちがより強くなった──。


リビングの窓から外を見つめながら脳内で反芻《はんすう》するのは、今朝の志乃のこと。

はにかんだようにエンゲージリングを見つめ、幸せそうに微笑む姿はとにかく可愛かった。

その破壊力は凄まじく、彼女が仕事じゃなかったら確実にベッドに連れ戻していただろう。

『よう、ミスターヘタレ』

「その呼び方はやめろって言ってるだろ」

昨夜の余韻に浸っていた俺は、それをぶち壊した声に眉をひそめる。

『それが初恋を実らせる手伝いをしてやった親友への態度かよ』

電話口の川本が不満げに言うのを聞き流しつつ、「なにか用か?」と尋ねた。

『別に? 香月と仲良くやってるのかと思っただけだよ』

「余計なお世話だ」

『せっかく俺と赤塚でお膳立てしてやったのに、仕事にかまけて振られるなよ？　お前、香月のことになるとヘタレだからなー』

「ご心配なく。昨日、プロポーズを受けてもらったところだよ」

『はっ⁉』

「あ、悪い。もうすぐ志乃が帰ってくるから切るぞ」

『待て！　言い逃げするなよ！　そこだけ聞かされたら色々気になるだろ！』

「そのうち話す。じゃあ、またな」

『おいっ――』

川本の声を遮るように通話を終了させると、明日のことを考えてため息が漏れた。

明日は、平岡の最初の裁判の日。

志乃は次回以降に証言をする予定だが、彼女がつらい記憶を何人もの人間の前で話さなければいけないと思うと、その日が近づいてくるたびに憂鬱な気持ちになっていった。

あんな奴に志乃が傷つけられたという事実に、今でも悔しさと怒りでどうにかなりそうだ。

なによりも一番腹立たしいのは、彼女が苦しんでいたことを知らずにのんきに過ごしていた自分自身に対してだった。

もし、高校時代に想いを伝えていたら……。そうじゃなくても、もっと早くに志乃と再会できていたら……。ほんの少しでも彼女を支えることができたかもしれない。

どれだけ悔やんでも仕方がないのに、そんな気持ちが消えなくて……これまでとは別の後悔となって心にはびこっていた。

けれど、志乃はもう前を向いている。

だから、過去に囚われずに夢に向かう彼女の姿を間近で見ている俺が、こんな気持ちでいるわけにはいかないのだ。

法の裁きがどこまで下されるかはわからないが、平岡は今の地位は失うだろう。

俺は、少しでも重い刑罰が下されることを祈り、全力で志乃を支えようと改めて決意した。


二十一時頃に帰宅した志乃を玄関で出迎え、いつものようにキスを交わす。

左手の薬指に収まるエンゲージリングを目にし、荒んでいた心が優しい温もりに包まれた。

「夏さんにすぐに気づかれて、質問攻めにされちゃった」

俺の視線に気づいた彼女が、困り顔で微笑む。

きっと、顔を真っ赤にして困惑したんだろうと思うと、その姿を見られなかったことが残念でたまらなかった。

「でも、たくさん『おめでとう』って言ってもらったよ。指輪はダイヤが大きいからさすがに仕事中はつけられないけど、帰ってくるまでに何度も見ちゃった」

面映ゆそうだった志乃が、俺を見上げて破顔する。

可愛くて、愛おしくて、どんなものにも代えがたい存在。

自分の中のどこにこんな感情があったのかと思うほど、彼女といると甘ったるいことばかり考えてしまう。

けれど、喜びで満たされた心は幸福感に包まれ、この上ない多幸感を抱いていた。

きっとこの先、俺たちは喧嘩をしたりすれ違ったりすることもあるだろう。

残念だが、人生は喜びばかりの日々ではできていない。

だからこそ、今ある幸せがいっそう愛おしく思えるのかもしれない。

「翔？」

「ああ、ごめん。少し考え事してた」

「疲れてるんじゃない？　私もちょっと眠いし、今夜は早めに寝よう？」

「そうだな。でも、まずは志乃を抱かせて」

「……っ」

途端に頬を染めた志乃に目を細め、今夜はどんな風に彼女を愛そうかと思いを巡らせる。

ひとまず、本能のままに柔らかな唇にそっとくちづけた。

俺の中にある香月志乃への初恋と恋心は、この先もずっと色褪せることはないだろう――。

END

あとがき

このたびは、『9年越しの最愛 同居することになった初恋のハイスペ社長は溺愛ループが止まりません!?』をお手に取っていただき、本当にありがとうございます。桜月海羽《さくらづきみう》です。

今作は『秘め恋ブルーム～極甘CEOの蜜愛包囲網～』というタイトルで別名義で投稿サイトに掲載していたものです。

ありがたいことにご縁があってルネッタブックス様で刊行していただけることになり、とても嬉しく思っています。

複数の投稿サイトで総合ランキングの一位になったことでたくさんの方に読んでいただき、私もとてもお気に入りだったからこそ、出版にあたりしっかりと加筆修正をいたしました。

少し前の作品ということや設定の詰め方が甘い部分が多く、改稿ではかなり苦戦してしまいましたが、的確なご指南をくださった担当様のおかげでどうにか乗り切れました。

ヒロインの志乃は、過去と向き合って立ち直り、より強くなりました。

ヒーローの翔は、優しさだけじゃなくかっこよさも増したのではないかと思っています。

それぞれの心理描写もさらに掘り下げたので、共感していただけていたら幸いです。

唯一の心残りは、ふたりが結ばれるきっかけとなった敦子のことをもっと書けなかったことでした。あんなに頼りになる存在だったのに、どうしても登場シーンを増やせず残念です。

その代わり、ヒーロー目線とベッドシーンを増やし、平岡への制裁もきちんと掘り下げました。今後、彼は過去の自身の行いを後悔し切れないほど痛い目を見るに違いありません。


最後に、再び素敵なご縁をくださいましたルネッタブックス編集部様、今作でも二人三脚で走ってくださった担当様に、心よりお礼申し上げます。

イラストをご担当くださった、浅島《あさじま》ヨシユキ先生。以前よりご縁をいただけたら……と願っていましたので、それが叶って幸せでした。色気たっぷりの表情のヒーローと可愛らしいヒロインが私の想像以上に素敵で、ラフ画の段階から感激していました。

そしてなによりも、いつも応援してくださっている皆様と今これを読んでくださっているあなたに、精一杯の感謝を込めて。本当にありがとうございました。

またどこかで皆様にお会いできますよう、心から願っています。

桜月海羽

ルネッタ Ⓛ ブックス

9年越しの最愛

同居することになった初恋のハイスペ社長は溺愛ループが止まりません!?

2024年11月25日　第1刷発行　定価はカバーに表示してあります

著　者　桜月海羽

発行人　鈴木幸辰
発行所　株式会社ハーパーコリンズ・ジャパン
東京都千代田区大手町 1-5-1
04-2951-2000（注文）
0570-008091　（読者サービス係）

印刷・製本　中央精版印刷株式会社

ISBN978-4-596-71737-5

本作品は2021年8月にWEB上で発表された「秘め恋ブルーム～極甘CEOの蜜愛包囲網～」に大幅に加筆・修正を加え改題したものです。